AF124963

1

Herstellung und Verlag:
BoD - Books on Demand, Norderstedt
ISBN 978-3-7322-4817-9

Silke Renken

Das Wort mit „W"

Inhalt

Liebe(r) Leser/in,

mit meinen kleinen Geschichten möchte ich allen Erwachsenen, die im Herzen noch Kinder geblieben sind, eine Freude machen. Viele, in den Geschichten angesprochene Ereignisse habe ich selber erlebt und auf diese Art und Weise verarbeitet, einige sind aber wirklich nur meiner Phantasie entschlüpft.

Das Buch beginnt statt einer Einleitung mit der Geschichte: „Das Wort mit W", meiner eigenen tragischen Geschichte. Nach dem Lesen der „Einleitung" wirst Du meine Gedanken sicher besser verstehen.

Ich wünsche Dir auf jeden Fall sehr viel Freude an meinem kleinen Büchlein. Herzliche Grüße und Danke für Deine Zeit und Dein Interesse…

Silke Renken

Das Wort mit „W"

Es war der 25. März 1998, der mein Leben sehr dramatisch verändern sollte. Ich war damals 33 Jahre jung, hatte mit meinem Mann drei Kinder im Alter von 8, 11 und 13 Jahren. Wir hatten vor einem Jahr unseren Traum wahrgemacht und ein kleines Häuschen gekauft, mit viel Arbeit und sehr viel Liebe hatten wir das hergerichtet, aber es gab noch immer viel zu tun. Mein Mann liebte nicht nur seine Familie, er liebte auch seine Arbeit und war stolz auf das, was er dort erreicht hatte.

Am späten Nachmittag erhielt ich einen Anruf von der Firma, bei der er beschäftigt war. „Ob ich gerade Zeit hätte und mal kommen könnte? Es hätte einen Unfall gegeben, ich solle mich aber nicht aufregen und vorsichtig fahren." Zuerst mussten meine Kinder untergebracht werden und rein ins Auto und los. Was ich sah, konnte ich nicht glauben. Streifenwagen, Krankenwagen waren schon vor Ort, auf einer nahegelegenen Wiese landete gerade ein Rettungshubschrauber. Ich sah meinen Mann, der immer so stark gewesen war, bewusstlos auf dem Boden im Dreck liegen. Schrecklich, Ärzte waren beschäftigt. Ich sah, wie ein Sanitäter mit seinen Schuhen durch Blut lief. Ich sah aber auch noch etwas. Etwas, das vermutlich nur ich sehen konnte. Ich wusste sofort, dass mein Mann nicht mehr leben würde, sein Geist, seine Seele, hatten seinen Körper bereits verlassen. Die Ärzte versorgten nur noch seinen Körper.

Mit dem Hubschrauber wurde mein Mann weggeflogen. Man konnte noch nicht sagen, wohin. Zuerst musste während des Fluges eine Spezialklinik ausfindig gemacht werden. Er wurde ins ZKH Reinkenheide gebracht und dort sofort an mehreren Kieferbrüchen operiert. Man sagte mir anschließend, alles sei gut und er würde sich erholen, ich solle nach Hause fahren…die OP würde mehrere Stunden dauern.

Zuhause musste ich all das meinen Kindern erklären. Wir waren uns sehr einig und schmiedeten dann Pläne für die Zeit, in der der Papa dann wieder zuhause sei. In der Nacht kam dann dieser folgenschwere Anruf aus dem ZKH. Man fragte ganz vorsichtig nach, ob ich die Frau sei usw. Dann möge ich doch bitte so schnell wie möglich kommen, man müsse mich sprechen. Mir war klar, was kommen würde.

Man erklärte mir, dass das Gehirn meines Mannes während der OP begonnen hatte, anzuschwellen und er in ein Koma gefallen war. Dies war eine Folge des heftigen Aufpralls, der ja auch die Kieferbrüche verursacht hatte. Innerhalb weniger Tage würde das Gehirn weiter und weiter anschwellen und vergrößern. Da es im Schädelraum keine Möglichkeit hat, sich weiter auszudehnen, wird es sich selbst zerquetschen und der Hirntod wird eintreten. Dies könne zwei bis drei Tage dauern. Der Hirntod müsse dann von verschiedenen Ärzten festgestellt werden, nach der ersten Feststellung müsste dann genau 24 Stunden später eine zweite Feststellung von anderen Ärzten erfolgen. Danach müsste ich entscheiden, ob die Geräte abgeschaltet werden sollen. Die Ärzte rieten auf jeden Fall zur Abschaltung, die Wahrscheinlichkeit, dass mein Mann jemals wieder aus dem Koma erwachen würde, war gleich Null, nur die Entscheidung hätte ich treffen müssen.

Wenn Du gerade mal 33 Jahre alt ist, möchtest bzw. kannst Du nicht über Leben und Tod nachdenken! Ich musste es, in einem völlig benebeltem Zustand, in dem ich manchmal kaum meinen Namen wusste, diskutierte ich über Organspende…Fragen, wie würde es weitergehen, sollten die

Kinder ihren Vater noch mal sehen und so viele Dinge, die mich weiter beschäftigten.

Das Schicksal war dann doch noch ein wenig gnädig mit mir, es ersparte mir, zu sagen, das die Maschinen abgeschaltet werden sollen. Ich weiß, ich hätte nie damit leben können. Nachdem das erste Mal der Hirntod festgestellt worden war, starb mein Mann dann an einem kompletten Versagen der Organe, die ja vom Gehirn nicht mehr gesteuert wurden.

So wurde ich am 28. März 1998, noch sehr jung, schon „das Wort mit W", Witwe und war ab sofort schwarz gekleidet. Das Leben als Witwe in so einem kleinen Ort, in dem ja nun jeder meine Geschichte kannte, war nicht einfach. Es hatte sich grundlegend verändert, Zeit zum Trauern blieb nicht. Was noch alles auf mich zukommen sollte, weil ich ja nun „das Wort mit W" war, das ahnte ich zu der Zeit noch nicht...

Antje

Das Leben geht manchmal seltsame Wege. Aber auch diese Wege, die wir Menschen seltsam finden, haben ihre Bestimmung. Sie sind uns vorgegeben.

Antjes Weg war bereits von den älteren Engeln im Himmel beschlossen, bevor sie auf die Welt kam. Im Himmel war sie ein kleiner Engel gewesen, unschuldig, aber immer fröhlich und zu manchen Streichen aufgelegt. Als sie eines Tages wieder einmal den älteren weisen Engeln einen Streich gespielt hatte, beschlossen diese, es sei nun an der Zeit, Antje auf die Erde zu schicken. Ein Elternpaar, das sich schon sehr lange ein Kind wünschte, war bereits von den Weisen gefunden worden. So wurde Antjes fröhliche Seele an die Mutter geschickt.

Anneliese und Friedrich wünschten sich schon seit langer Zeit ein Kind. Nun war es soweit, Anneliese war schwanger. Endlich sollte ihr Wunsch in Erfüllung gehen...die zwei konnten den Tag bis zur Geburt kaum abwarten. Voller Vorfreude bereiteten sie ihr Heim für das kleine Wesen vor. Friedrich, der besonders handwerklich begabt war, baute eigens ein kleines Bettchen ins Elternschlafzimmer ein, damit das Kind auch während der Nacht immer in ihrer Nähe sein könnte. Die zwei genossen die Zeit der Schwangerschaft und schmiedeten schon Pläne für die Zukunft, sie überlegten, ob es ein Junge oder Mädchen sein würde, dachten sich Namen aus und träumten viele schöne Träume.

Antjes fröhliche Seele wohnte ja nun schon einige Monate in Annelieses Leib, da kam dann endlich der lang ersehnte Tag der Geburt. Die kleine Seele hatte nun auch einen Körper bekommen...

Ein zartes kleines Mädchen kam zur Welt, Anneliese und Friedrich entschieden sich für den Namen Antje. Glücklich waren sie, so ein hübsches Baby. Ihr Wunsch hatte sich erfüllt. Sie dankten Gott für dieses wunderbare Geschenk. Die kleine Antje wuchs heran und machte den beiden sehr viel Freude. Friedrich war ein sehr stolzer Vater, eines Abends bat er Anneliese ins Schlafzimmer, mit strahlenden Augen wies er auf das Bettchen; er hatte Antjes Namen in bunten Farben auf das Kopfende gemalt.

Eines Nachts geschah dann das Unglück. Anneliese war wach geworden, sie fühlte, etwas war nicht in Ordnung. Eine unheimliche Stille lag im Raum. Sofort sah sie nach Antje, schockiert stellte sie fest, dass ihre fröhliche kleine Antje nicht mehr atmete. Das kleine Gesichtchen war blau angelaufen und die kleinen Händchen, mit denen Antje immer nach ihren Haaren griff, waren bereits kalt. Friedrich konnte es nicht fassen, Anneliese sank in sich zusammen. Ihr kleines Engelchen hatte sie verlassen.

Sie trugen die Kleine in einem weißen Sarg zu Grabe, wie versteinert wirkten sie, der Schmerz war einfach übermächtig. Am Abend saßen sie dann in ihrer Küche und versuchten, ein wenig zu essen. Plötzlich bewegte sich Annelieses Haar, jemand zog an ihren Haaren, aber es war niemand zu sehen. Anneliese zweifelte an sich und ihrem Verstand, wieder zog jemand an ihren Haaren. Friedrich sah es auch. Schön hörten sie ein zartes Stimmchen: „Liebe Eltern, grämt euch nicht. Ich habe Euch nicht verlassen, nur mein Körper ist von dieser Welt gegangen. In Euren Herzen werde ich immer bei Euch sein. Die weisen Engel im Himmel haben so entschieden." Sofort war ihnen klar, dass die kleine Antje zu ihnen gesprochen hatte.

Antjes Seele wollte sich nur schwer dem himmlischen Beschluss beugen, sie wollte lieber bei den Eltern bleiben, mit den schönen Sachen spielen, in ihrem bunten Bettchen schlafen. Die weisen Engel gaben ihr ihre neue Bestimmung. Sie durfte als Engelchen in ihrem Elternhaus weiterleben. Anneliese gebar nach einigen Jahren wieder ein Mädchen, sie hatte sich durch Antjes Anwesenheit langsam von der Trauer erholt. Dieses süße Kleine bekam ein neues Bettchen, Antjes Bettchen blieb leer, damit sich das kleine Engelchen in der Nacht erholen konnte. Die zwei wussten jedoch nicht, dass ihr kleines Engelchen in der Nacht über die kleine Schwester wachte. Später wunderten sich die zwei darüber, dass ihre Kleine immer spielte und brabbelte, als sei noch jemand bei ihr.

Es war Antje, das kleine Engelchen, die mit ihrem Schwesterchen spielte, ihr die ersten Worte beibrachte. Das Herz von kleinen Kindern ist noch so rein, sie können die Engelchen sehen und mit ihnen spielen. Später, wenn die Kinder dann größer sind, stellen sie uns oft ihre unsichtbaren Freunde vor, sie bestehen darauf, dass die Freunde beim Essen einen Platz und ein Gedeck bekommen. Wenn dein Kind Dir also seinen unsichtbaren Freund vorstellt, nimm das bitte ernst, es ist sein kleines Engelchen, das bestimmt ist, dieses Kind zu beschützen.

Nachdem Antjes Schwesterchen herangewachsen war und zum Studieren in die Stadt ging, beschlossen Friedrich und Anneliese, eine kleinere Wohnung zu suchen, damit sie ein wenig mehr Zeit für sich hätten. Antje aber blieb in ihrem Zuhause, dort hatte sie ihr Bettchen. Ein junges Paar zog ein, nach einiger Zeit stellte sich auch hier wieder der Nachwuchs ein. Für dieses kleine Mädchen wurde Antje dann wieder der Schutzengel, der sie behütete und über sie wachte. Aber nicht nur das, nein, sie lachten oft und trieben fröhliche Streiche mit den Eltern…

Einige Jahre später kam dann wieder eine neue Familie, auch hier wachte Antje und brachte den Kleinen so manchen Streich bei. Bis heute steht noch Antjes Bettchen in dem Haus, sie hat viele Babys und Kinder beschützt und ihnen mit ihrer Fröhlichkeit manche Freude bereitet, die Erwachsene nicht erkennen können.

Es ist Antjes Bestimmung, über die Kleinen zu wachen, mit ihnen zu spielen und Späße zu treiben. So spüren alle Kinder, die in Antjes Haus aufwachsen, eine besondere Geborgenheit und Liebe, die sie später zu glücklichen, zufriedenen Erwachsenen werden lässt.

Cecilia

Wenn wir auf die Straße gehen, treffen wir Menschen verschiedenster Herkunft. Einige kommen aus fernen Ländern, andere aus fremden Städten. Jeder sieht anders aus, wir erkennen es an der Hautfarbe, den Haaren, der uns fremden Kleidung. Einige dieser Menschen, die wir als fremd empfinden, haben eine andere Kultur oder eine andere Religion. Manchmal fragen wir uns, warum diese Menschen hier leben, aber im allgemeinen sind wir viel zu sehr mit uns selbst beschäftigt, um uns über die Schicksale dieser Menschen Gedanken zu machen.

Einer dieser war Menschen Cecilia...Sie lebte in einem fernen Land, in diesem Land herrschte große Armut, sehr große Armut. Cecilias Familie lebte in einem Elendsviertel in einem kleinen Dorf in Afrika. Es gab nur sehr wenig Nahrungsmittel, ihre Eltern bauten in ihrem kleinen Garten Gemüse an, so gut es ging. Oft jedoch verdorrte das Gemüse, weil es zu heiß wurde, und das wenige Trinkwasser nicht zum Gießen verschwendet werden durfte. Die Kinder spielten in den armseligen Hütten, in denen auch gekocht und geschlafen wurde. Bei der großen Hitze war es dort jedoch besser auszuhalten, im Freien gab es keinen Schatten. Die wenigen Bäume waren bereits verdorrt, die Wasserstellen trockneten durch die sengende Hitze aus.

Cecilias Volk drohte elend zu verhungern und zu verdursten. Ihr Großvater war der Medizinmann des Stammes. Er war ein sehr weiser Mann, kannte viele Pflanzen und Heilkräuter, die man verwenden konnte, sehr viele Rituale und Gebete zu den Göttern hatte er von seinen Vorfahren gelernt. Cecilia liebte ihn sehr, aber noch lieber hatte sie ihre Großmutter, die Frau des Medizinmannes. Jeden Tag lief sie in die Lehmhütte ihrer

Großeltern und beobachtete, wie der Medizinmann zu den Göttern um Hilfe betete. Die Großmutter erklärte ihr, was der Großvater tat.

Kinder wissen sehr schnell, was sie einmal werden wollen, wenn sie groß sind. Cecilia wollte Medizinmann werden, so wie ihr Großvater.

Der Medizinmann betete verzweifelt zu den Göttern um Hilfe für sein Volk, während Cecilia ihn beobachtete. Da passierte es, Cecilia fiel, wie vom Blitz getroffen in eine tiefe Ohnmacht. Sie lag wie tot auf dem Boden, die Großeltern waren sehr aufgeregt, ihr Großvater wusste, was zu tun war. Er tränkte ein Tuch mit dem letzten Wasser und legte es auf ihre Stirn. Langsam kam Cecilia wieder zu sich, es dauerte sehr lange, bis sie wieder sprechen konnte. "Ich habe etwas gesehen, große, glänzende Vögel werden kommen. Tiere, die wie Menschen aussehen, aber eine ganz andere Haut haben als wir, es können also nur Tiere sein, kommen aus diesen Vögeln. Sie bringen uns Hilfe und Rettung, Essen und Wasser." Der Großvater war nun endgültig verzweifelt, er nahm an, Cecilia hätte ihren Verstand verloren. Vielleicht war sie doch zulange in der sengenden Hitze gewesen, oder der Hunger oder der Durst hatten ihren Verstand geraubt. "Was haben wir nur Böses getan, das die Götter uns so strafen? Zuerst lassen sie unser Volk sterben, jetzt nehmen sie uns auch noch dieses unschuldige kleine Geschöpf. Warum?" Er weinte, betete, drei Tage und drei Nächte hindurch. Sie brachten Cecilia in die Hütte ihrer Eltern und rechneten jederzeit damit, dass sie sterben würde. Ihr Zustand besserte sich auch während dieser Tage nicht. Sie fiel wieder in diesen ohnmachtähnlichen Zustand, ihr Großvater verzweifelte, er, der große Medizinmann des 'Dorfes konnte ihr nicht helfen. Nach einigen Tagen, die Sonne brannte vom Himmel, hörten

15

Cecilias Großeltern laute Geräusche, die sie noch nie gehört hatten aus der Luft. Sie gerieten in Panik, das ganze Dorf lief zusammen, gemeinsam beteten sie zu ihren Göttern um Gnade. Die Geräusche am Himmel wurden immer lauter, so dass sie dachten, die Götter kämen, um sie nun alle zu holen. Es war furchtbar, die Angst lähmte sie alle so sehr, dass keiner mehr an die kleine Cecilia dachte, die immer noch in der Hütte lag.

"Da kommen die Vögel!" hörten sie plötzlich eine zarte Stimme. Cecilia war von dem Lärm der Dorfbewohner wach geworden. Es ging ihr besser, "da sind die Vögel! Jetzt wird alles gut."

Der Medizinmann traute seinen Augen nicht. Er sah sein Enkel-Kindchen dort stehen, und wirklich, in der Luft sahen sie nun alle die glänzenden Vögel. Was hatte das nur zu bedeuten? Welcher Gott schuf solche großen Vögel? Und tatsächlich, als die Vögel auf den Boden aufgesetzt hatten, kletterten weiße Menschen aus den Vögeln. So etwas hatten die Dorfbewohner noch nie gesehen. Menschen mit einer weißen Haut! Menschen hatten doch eine schwarze Haut, wie konnte das nur sein? Die weißen Menschen kamen aus Europa, sie wussten von den elenden Hungersnöten in Afrika. Das Fernsehen hatte oft darüber berichtet, es musste auf jeden Fall geholfen werden. Kurzerhand hatte eine Hilfsorganisation Lebensmittel und Wasser organisiert, Ärzte und Entwicklungshelfer hatten sich zur Verfügung gestellt, um zu helfen.

Der Medizinmann sank auf die Knie, er betete zu seinen Göttern und dankte für dieses große Wunder, das seine kleine Cecilia hatte kommen sehen. Während er betete, begriff er plötzlich. Die Götter hatten das Wunder, um das er immer gebetet hatte, vollbracht. Sie hatten seine kleine Cecilia mit einer besonderen Gabe ausgestattet, sie konnte in die Zukunft sehen, sie sah Dinge, die für die anderen noch unvorstellbar waren, aber sie sah diese Dinge.

Fortan durfte Cecilia nun immer an den vielen überlieferten Ritualen und Gebeten teilnehmen, sie lernte sehr viel von ihrem Großvater und blieb dabei, sie wollte Medizin-Mann werden. Die Entwicklungshelfer hatten mit Hilfe des Stammes eine Schule gebaut, die Kinder, aber auch die Erwachsenen bekamen nun regelmäßig Unterricht, damit sie bessere Chancen in der Welt hatten. Einige der jungen Leute verließen das Dorf, um eine Arbeit in der Stadt zu finden, andere besuchten in der Stadt eine weiterführende Schule.

Cecilia musste nach einigen Jahren auch das Dorf verlassen, um eine Schule in einem fernen Land zu besuchen, sie war sehr klug und ihre besonderen Gaben waren den Lehrern aufgefallen, so hatten sie dafür gesorgt, dass sie ein Stipendium für ein Studium in Europa bekam. Dort studierte sie Medizin und wurde eine großartige Ärztin, sie vergaß jedoch nie die Gebete und Rituale, die sie im Dorf gelernt hatte. Auch die heilenden Wirkungen der Pflanzen oder Kräuter waren ihr immer im Gedächtnis, sie wünschte sich, diese nutzen zu können, aber die Schulmedizin, die sie gelernt und studiert hatte, ließ das nicht zu. Als sie dann endlich genügend Geld gespart hatte, eröffnete sie eine eigene Praxis, in der sie all ihr Wissen anwandte, welches sie gelernt hatte. Sie kombinierte oft die Rituale oder die Wirkungen der Pflanzen mit den Arbeitsweisen der Schulmedizin.

Es dauerte nicht lange, und sie hatte große Erfolge. Immer mehr Ärzte wollten ihr großes Wissen erlernen. So gab sie ihr

Wissen weiter und bildete Ärzte aus. Sie tat, was ihr Großvater sie gelehrt hatte...und sie war das geworden, was sie sich als Kind schon immer gewünscht hatte: ein Medizin-Mann.

Das Gefängnis

Jeder von uns kennt das Gefühl, wenn die Gliedmaßen einschlafen...man kann sie nicht mehr kontrollieren, der Arm hängt völlig leblos an einem herum. Versuchst Du, mit einem eingeschlafenen Bein zu laufen, knickst Du unkontrolliert ein. Es gibt in unserer Zeit aber leider auch sehr viele Menschen, bei denen die Lähmung nicht vorübergehend, sondern dauerhaft bleibt.

Einer von Ihnen ist Julius. Er war vor seiner Krankheit ein sehr fleißiger Mann, arbeitete oft fünfzig bis sechzig Stunden in der Woche, an den Wochenenden war er für seine Tochter ein sehr liebevoller Vater. Da Julius entsprechendes Geld verdiente, baute die kleine Familie ein großes Haus, sie hatten einen großen Garten, in dem sie viele Tiere hielten. Dort spielten sie im Sommer gerne. Julius war ein attraktiver Mann, der trotz der vielen Arbeit immer Zeit für seine Familie fand, er hielt sich mit Sport fit, ging an den Wochenenden auch gern mit seiner Frau zum Tanzen. Sie führten ein glückliches zufriedenes Leben und dachten nie daran, dass sich das ändern könnte.

Auf einer Fahrt zum Freizeitpark passierte es, Julius erlitt einen Schlaganfall. Das Tückische an einem Schlaganfall ist, das man nicht unbedingt bemerkt, wenn er einen trifft. Glücklicherweise hatte man sofort richtig reagiert und Julius wurde richtig behandelt. Trotzdem hatte sein Gehirn Schaden genommen, was sich auf den Sehnerv auswirkte. Er wurde auch oft von epileptischen Anfällen heimgesucht, die seine Umgebung regelmäßig schockierten. Schnell zerbrach die kleine Familie an der starken seelischen Belastung. Julius begann ein neues Leben, er wollte unbedingt versuchen, eigenständig zu leben. Während dieser Zeit lernte er Sophie kennen, sie fühlten sich sofort zueinander hingezogen. Sophie, die wir ja schon kennen, strahlte eine unbeschreibliche Ruhe und Wärme aus, das bewunderte Julius. Sehr lange waren sie eng befreundet und fühlten eine innige Zuneigung füreinander. Sophie verstand Julius, Julius verstand Sophie. Oft fragten sie sich, warum das Leben für sie so eine harte Prüfung bereit gehalten hatte. Sie erkannten aber auch, dass sie ohne ihre jeweiligen Schicksalsschläge niemals zueinander gefunden hätten.

Sophie war mit ihren Kindern zur Kur gefahren, als der Anruf kam, man teilte ihr mit, dass es sehr schlecht um Julius stehe, er hatte einen sehr schweren Schlaganfall bekommen und mehrere Blutgerinnsel hatten sein Gehirn schwer geschädigt. Für Julius folgten monatelange Aufenthalte in verschiedenen Reha-Kliniken, als Sophie ihn dann endlich wieder sah, erkannte sie ihn fast nicht mehr wieder. So sehr hatte die Krankheit ihn gefangen genommen. Julius war halbseitig gelähmt, fast vollständig erblindet, er konnte durch die Lähmung, die auch sein Gesicht befallen hatte, nur noch sehr schwer und fast unverständlich sprechen. Es war ein großer Schock für Sophie, als sie sehen musste, wie sehr eine Krankheit einen Menschen verändern kann. Sophie erkannte aber auch sehr schnell, dass sich der Julius, den sie kennen gelernt hatte, keineswegs verändert hatte. Julius Verstand arbeitete immer noch perfekt, er verstand alles und war trotz seiner schweren Krankheit immer noch der feinfühlige und sensible Mann, den sie kannte. Julius war außerordentlich zuvorkommend und gebildet gewesen. Diese Eigenschaften waren ihm erhalten geblieben, nur er blieb gefangen in seinem unsichtbaren Gefängnis.

Die Liebe und Fürsorge seiner Eltern, die ihn täglich im Pflegeheim besuchen kamen, auch die regelmäßigen

Besuche seiner Tochter gaben ihm Kraft und ließen ihn durchhalten.

Auch Sophie besuchte Julius regelmäßig, schnell lernte sie, mit ihm umzugehen, seine Sprache zu verstehen. Sie verbrachten immer sehr schöne Nachmittage miteinander, Sophie schob ihn in seinem Rollstuhl durch die Straßen, sie versuchte, seine Augen zu ersetzen. Bei schlechtem Wetter blieben sie im Haus, hörten Musik oder Sophie las vor und erzählte aus ihrem Alltag. Immer blieb eine Verbindung nach draußen, in die Welt außerhalb seines unsichtbaren Gefängnisses. Julius ertrug seine Gefangenschaft mit einer unendlichen Geduld. Seine Eltern und Sophie überlegten immer wieder, wie sie ihm helfen konnten, aber sie mussten einsehen, dass es keinen Weg zurück gab. Der Zustand der Gefangenschaft in seinem Körper konnte auch nicht durch zahlreiche therapeutische Anwendungen verbessert werden, lediglich war die Erhaltung des derzeitigen Zustandes möglich. Sophie war oft sehr traurig, weil keine Verbesserung eintrat, ihre regelmäßigen Besuche taten Julius gut, das war ihr wohl bewusst, sie erinnerte sich, wie Julius seinerzeit immer wieder die Ruhe, die sie ausstrahlte, bewunderte. An manchen Nachmittagen saßen sie einfach gemeinsam schweigend im Zimmer, das tat beiden gut. Sie fühlten auch ohne Worte eine Verbindung zueinander.

Sophie brachte regelmäßig Zeitschriften mit, um Julius daraus vorzulesen oder mit ihm kleine Denk-Aufgaben zu lösen. Eines Nachmittags, Julius war wieder einmal sehr ruhebedürftig gewesen und bereits eingeschlafen, blätterte Sophie noch ein wenig in ihrer Zeitschrift, als ein besonderer Artikel ihre Aufmerksamkeit erregte. Eine Frau berichtete über Probleme, die hochsensible Menschen im Alltag haben. Sophie erkannte im Artikel viele Eigenschaften, die sowohl auf sie, als auch auf Julius zutrafen. Oft war es so gewesen, das sie beide das Gefühl hatten, viel zu viele Leute um sich zu haben, die Umwelt als viel zu laut und zu schnell zu empfinden. Sie brauchten beide viel Ruhe, hatten andere Gedanken, fanden viele Alltagsgespräche einfach nur banal, fühlten sich aber oft auch sehr unsicher im Alltag, immer in Sorge, den Anforderungen des Alltags nicht gewachsen zu sein. Immer hatten sie diese Probleme mit ihren jeweiligen Schicksalen in Verbindung gebracht. Jetzt endlich hatte Sophie die Antwort auf so viele Fragen vor Augen. Sie waren beide ebenfalls hochsensibel veranlagt.

Endlich erkannte Sophie, das die Krankheit, die sie als Gefängnis für Julius empfanden, für ihn ein Segen, ein Schutz war. Er war durch seine starken Einschränkungen vor dem für ihn viel zu schnellem und zu lautem Alltag geschützt. Sophie begann, viel über diese besondere Gabe zu lesen und viel zu erfahren…immer mehr erkannte sie Julius und sich selbst in diesem Phänomen.

So begann Sophie, für diese einst so schreckliche Fügung, dankbar zu sein. Dankbar dafür, das Julius sensible Seele so einen besonderen Schutz hatte. Das Gefängnis, in dem Julius zu leben schien, wandelte sich nun um in eine ganz besondere Schutzhülle, die wir Menschen Hochsensibilität nennen.

Sophie wusste, dass sie bereits durch Ihren Schutzengel, der sie ja seit ihrem Schicksalsschlag ständig begleitete, vor dem Alltag und seinen Auswirkungen auf ihre Seele, ausreichend geschützt wurde.

Das Jahr 2012

Wir hören und sehen Nachrichten, oft wird von Natur-Katastrophen berichtet. Überschwemmungen, Erdbeben, Öl-Katastrophen und und und. Wir sehen Menschen sterben oder um ihr Überleben kämpfen. Tote Vögel fallen plötzlich vom Himmel, es gibt Seen voller toter Fische, Menschen werden von Seuchen heimgesucht. Forscher werden an diese Orte geschickt, um eine Erklärung zu finden. Da wir aber nie selber davon betroffen sind, oder diese Ereignisse sehr weit von uns stattgefunden haben, sehen wir sie, aber wir haben sie auch sofort wieder vergessen. Vielleicht spenden wir, um unser Gewissen zu beruhigen, mal ein paar Euro für die Opfer.

Viele Seher und Propheten, kluge Menschen, die mit mehr Weisheit als wir, gesegnet sind, sagen uns das Ende unserer Welt für das Jahr 2012 voraus. Sie werden von uns als Spinner bezeichnet, einfach nicht ernst genommen.

Der Rat der Weisen im Universum trat zusammen, um über die Ereignisse zu beraten, die sich auf der Erde abspielten. Sie sahen, was wir Menschen nicht sehen können. Die Menschen hatten es geschafft, den Planeten Erde zugrunde zu richten. Sie fuhren mit ihren Autos auf den Straßen, bauten immer mehr Häuser, rammten tiefe Löcher in die Erde, um Öl zu fördern, sie hatten mittlerweile den schützenden Ozon-Mantel, der die Erde umgibt, fast ganz mit ihren künstlichen Gasen zerstört. Kurzum, es wurde wirklich alles getan, um der Erde weh zu tun. Immer neue Wunden schlugen die Menschen in ihren Planeten, sie begriffen nicht, was sie taten. Voller Sorge schüttelten die Weisen nur mit den Köpfen. Sie wussten sich keinen Rat mehr, wie sie die Menschen zur Vernunft bringen sollten. Was musste denn noch alles passieren, welche Zeichen musste der Planet Erde denn noch geben? Es gab keine Lösung, der Planet Erde war am Ende und nach langer, sehr langer Leidenszeit zum Sterben bereit.

Die Weisen berieten, ob der Ozon-Mantel vom Universum zu reparieren sei, das war aber unmöglich, wie sich schnell herausstellte. Endlich schlug einer der Weisen vor, jemanden von ihnen auf den sterbenden Planeten zu schicken, der einige Menschen, die ein reines Herz hatten, ins Universum zu holen und dort auf einem neuen Planeten anzusiedeln. Sie sollten eine neue Menschheit begründen...Schnell war der Bote ausgewählt, mit einer Sternschnuppe wurde er auf die Erde gesandt. Dort begann er sofort mit seiner großen Aufgabe, Menschen mit einem reinen Herzen zu finden. Das war aber gar nicht so einfach, alle Menschen waren so mit sich und ihrem Alltag beschäftigt, dass sie kaum Zeit für ein Gespräch mit ihm hatten. Was nun tun? Zum Fernsehen oder zum Radio gehen und versuchen, einige Menschen aufmerksam zu machen? Aber wie sollte man erklären, woher man käme? Die Menschen würden den Weisen nicht ernst nehmen, ihn vielleicht sogar in die Psychiatrie stecken...

Das Problem hatten auch die anderen Weisen im Universum schnell erkannt, es schien keine Lösung zu geben. Da traten die Engel zu den Weisen, sie rieten, die Menschenkinder ins Universum zu holen. Kinder haben bekanntlich ein reines Herz und sind nicht vom Streben nach Reichtum und Macht belastet, so dass hier noch Hoffnung bestand. So geschah es, die Kinder aus allen Ländern wurden durch das Himmelstor ins Universum geholt und auf die vielen verschiedenen Sterne verteilt. Dort waren sie glücklich, sie spielten fröhlich, lernten, Bäume zu pflanzen, lernten, Tiere und die Natur zu lieben.

Die Erwachsenen auf der Erde bemerkten schnell das Fehlen aller Kinder. Überall, in allen Ländern gab es keine Kinder mehr. Wie konnte das passiert sein? Welche terroristische Vereinigung hatte wohl zeitgleich alle Kinder entführt? Die Armeen aller Länder rückten aus, Geheimdienste schalteten sich ein, um die Kinder zu befreien. Nur, dazu mussten die Kinder erst einmal gefunden werden. Nirgendwo gab es auch nur ein klitzekleines Lebenszeichen. Schwere Panzer, Soldaten mit Waffen, Polizisten und sehr viele freiwillige Helfer machten sich in allen Ländern auf die Suche nach den Kindern. Ohne Ergebnis. Es war eine furchtbare Zeit für die Menschen. Kinder, die während dieser Zeit auf die Welt kamen, reisten ebenfalls direkt ins Universum. Die Menschen drohten auszusterben, und mit ihnen der Planet Erde, ihr Lebensraum.

Endlich, nach sehr langer Zeit, die Menschen waren verzweifelt, bekamen sie ein Zeichen aus dem Universum. Ein riesiger Komet war auf der Reise zur Erde, an seinem Einschlagsort fanden die Menschen einen wunderschönen Rosenquarz. Einige von ihnen wussten, dass der Rosenquarz der Stein der Liebe zwischen den Menschen war.

Sie versammelten sich, da begann der Rosenquarz seine Schwingungen auszusenden, die Menschen wurden wieder etwas glücklicher. Aus dem Stein hörten sie die Stimmen ihrer Kinder, die ihre Eltern baten, einen Baum zu pflanzen, egal, ob sie in der Stadt wohnten oder auf dem Land. Jedes Elternpaar sollte einen Baum pflanzen. So geschah es, die Eltern hatten zum Andenken an ihre Kinder Bäume gepflanzt.

Die Weisen im Universum sahen nun überall auf der Erde grüne Bäume, in jedem Land, jedem Dorf, überall wuchsen Bäume. Nun war es an der Zeit, die nächste Aufgabe zu stellen. Alle Eltern sollten bunte Blumen säen, was sofort geschah, schließlich hofften sie, ihre Kinder wieder zu bekommen. Wo Bäume und Blumen wachsen, fehlen Tiere, das ist ein natürliches Gesetz. So bekam jedes Elternpaar die Aufgabe, ein Tier zu halten und es mit einem Artgenossen zu paaren, so dass die Tiere nicht mehr vom Aussterben bedroht sein würden. Auch diese Aufgabe erfüllten die Eltern, in der Hoffnung, bald ihre Kinder wieder zu sehen. Manche hielten Kühe, andere Katzen, in Afrika wurden Elefanten und Löwen gehalten, aber auch die Tiere, die wir als niedere Arten betrachten, wie Würmer und Insekten wurden liebevoll vermehrt. Das war schließlich die Aufgabenstellung.

Nun kam die nächste und für die Eltern, von denen einige ja an der Machtspitze ihrer Länder standen, wohl die schwierigste Aufgabe. Der Rosenquarz verkündete, es sollten alle Waffen abgeschafft, alle Bohrinseln stillgelegt und ihre Bohrköpfe aus dem Erdmantel gezogen werden, alle Atomkraftwerke sollten abgeschaltet und mit dicken Zementmauern umgeben werden. Die Mächtigsten der Länder berieten sich sehr lange, schließlich war man abhängig von der Atomenergie, und wenn man alle Waffen abschaffen würde, was war, wenn es mal einen Krieg gäbe und man hatte keine Waffen, um sich zu verteidigen. Und, wie sollte man ohne das schwarze Gold, das Öl, überhaupt die Wirtschaft betreiben. Nein, diese Forderungen zu erfüllen war einfach unmöglich. Sie hatten noch nicht erkannt, dass die immer noch dabei waren, die Erde zugrunde zu richten.

Die Mütter wollten aber ihre Kinder zurück, die sie unter ihrem Herzen getragen hatten, ihnen war klar, dass sie die Forderungen des Steines erfüllen mussten. So sammelten sie sich in allen Ländern, traten vor die Mächtigen und rieten ihnen, die Forderungen zu erfüllen, ohne Kinder würde die

Menschheit aussterben und dann bräuchte man auch keinen Reichtum oder keine Macht mehr. Das sahen die Mächtigen ein, und so wurden auch diese Forderungen erfüllt.

Vom Universum aus sahen die Weisen den Planeten Erde als einen wunderschönen grünen Planeten, der vom Wurzelwerk der vielen Pflanzen zusammengehalten wurde, die vielen Tiere sorgten dafür, dass die Natur im Gleichgewicht blieb. Es würde jedoch noch einige Zeit lang dauern, bis sich auch der schützende Ozon-Mantel erholt hatte. Sie wollten die Menschen noch beobachten, ob sie sich auch wirklich an die Vereinbarungen hielten und klüger im Umgang mit der Natur und sich selber geworden waren.

Nach einiger Zeit, mittlerweile hatten sich alle Tiere vermehrt und alle Pflanzen waren sehr gut gewachsen, die Menschen konnten sich im sorgfältigen Umgang mit der Natur nun wieder selbst versorgen, sie hatten gelernt, die Sonne als natürliche Energiequelle zu nutzen, sandte der Rosenquarz ein letztes Mal seine Schwingungen aus. Über die ganze Erde waren die Kinder als Stimmen aus dem Universum zu hören: "Mami, Papi, es ist so wunderschön auf der Erde, wir werden jetzt zu Euch zurück kommen." Ein gewaltiger Sternschnuppenregen ergoss sich über die Erde und alle Kinder waren wieder bei ihren Familien. Die Menschen waren endlich wieder glücklich. Sie lebten nun vernünftig, gingen sehr sorgsam mit ihrem Planeten, der ja schließlich ihr Lebensraum war, um. Das hatten sie nun gelernt. Der liebevolle Umgang miteinander war ihnen in der schweren Zeit zur Gewohnheit geworden, so dass es keine Kriege zu fürchten gab.

Leider ist es so bei uns Menschen, erst muss uns das Liebste genommen werden, ehe wir bereit sind, zu erkennen, was wir verändern müssen, um ein gutes, erfülltes Leben führen zu können. Daran denkt kurz einmal, wenn Ihr ins Auto steigt, um schnell mal zum Einkaufen zu fahren, oder wenn Ihr die Kaffeemaschine einschaltet. Vielleicht pflanzt jeder mal einen Baum oder sät ein paar Blumen, das wird unserer Erde sehr gut tun.

Das Kissen

Wenn wir am Abend nach einem langen Tag müde sind und uns ins Bett legen, hat jeder von uns so seine Gewohnheiten. Einer braucht nur ein flaches Kissen, der andere möchte gerne hoch liegen, der nächste von uns braucht ein weiches Kissen, ein anderer gar keines. Sehr unterschiedlich sind unsere Schlafgewohnheiten, aber in den meisten Fällen haben wir alle ein Kissen, egal welche Form, Farbe, Größe usw. Wir machen uns darüber auch nicht sehr viele Gedanken, Hauptsache, es ist ein Kissen da. Manchmal kann ein Kissen aber auch ein sehr besonderer Gegenstand sein...

Amelie hatte es im Leben nicht leicht gehabt, ihr Mann war früh verstorben. Sie musste sehr viel arbeiten, um ihre drei Töchter und sich durchzubringen. Am Abend lag sie dann oft im Bett und konnte vor Sorgen nicht einschlafen. An manchen Tagen war sie jedoch auch so erschöpft, das ihr die Augen direkt zufielen, sobald sie sich nur hingelegt hatte. Sie vermisste ihren lieben Mann so sehr, ihr Herz tat weh. Alles, was ihr von ihrem Mann geblieben war, waren einige Fotos, die sie geschossen hatten, sein Ehering, die liebevollen Erinnerungen und sie hatte sein Kopfkissen mit ins neue, kleine Haus genommen. So konnte sie sich ihm in der Nacht immer nah fühlen. So kam dann die besondere Nacht.

Sie hatte sehr lange wach gelegen und sich gefragt, wie es weitergehen sollte. Endlich war der Schlaf gekommen und sie hatte geträumt. Es war ein schöner Traum, ihr Mann hatte zu ihr gesprochen, "oh, Amelie, wie gerne wäre ich bei Euch geblieben, aber das Schicksal hatte andere Pläne für uns zwei. Aber ich sehe, wie Du leidest...Darum verrate ich Dir jetzt etwas ganz Besonderes. Das Kissen, mein Kissen, auf dem Dein Kopf ruht, wird dafür Sorge tragen, das sich Deine

Träume erfüllen. Du darfst Dir keine Sorgen mehr machen, dann wirst Du immer schön träumen. Lege Dir einen schönen Rosenquarz unter das Kissen, dann wirst Du auch während der Nacht neue Kraft schöpfen können."

Am Morgen wachte Amelie auf, sie hatte tief und fest geschlafen, aber sie erinnerte sich sehr gut an ihren Traum. Die Erinnerung an die warme Stimme ihres Mannes nahm ihr den Schmerz aus ihrem Herzen, sie fühlte sich leicht und beschwingt. Voller Freude ging sie ihrer Arbeit nach, selbst ihre Kinder bemerkten die Veränderung. Es war ein schöner Tag, gleich nach der Arbeit ging Amelie in die Stadt. Dort kaufte sie in einem kleinen Laden einen wunderschönen Rosenquarz. Sie konnte es kaum glauben, der Stein sah genau so aus, wie der Stein aus ihrem Traum. Von einer besonderen Wärme und Liebe erfüllt ging sie schnell nach Haus und aß mit ihren Kindern zu Abend. Vor dem Zubettgehen legte sie noch den Rosenquarz unter ihr Kissen.

Schnell fiel sie in einen tiefen Schlaf und träumte davon, wie ihre Kinder heranwuchsen und alle eine gute Ausbildung bekamen. Glücklich wachte sie am Morgen auf, sie war beruhigt, alles würde gut werden.

In der Nacht darauf träumte sie, wie sie ihre ungeliebte Arbeit aufgab, um in einem großen Haus mit einem schönen Garten zu leben. Das konnte nicht passieren, sagte sie sich nach dem Aufstehen, sie musste doch arbeiten, um sich und ihr kleine Familie durchzubringen. Trotzdem fühlte sie sich zufrieden und ging beruhigt ihrer Arbeit nach. Weil sie aber mit einer inneren Zufriedenheit, die durch den Traum gekommen war, ihrer Arbeit nachging, bemerkte sie langsam, das die Arbeit begann, ihr Spaß zu machen. Es war ein schönes Gefühl. Am Abend fühlte sie sich nicht mehr so erschöpft, wie an den anderen Tagen zuvor. Sie kochte ein schönes Essen für ihre Töchter und alle fühlten sich nach langer Zeit wieder richtig wohl.

Kaum lag Amelie im Bett, kam auch schon der nächste Traum. Das große Haus mit dem schönen Garten erschien wieder, diesmal trat ein liebevoll aussehender Mann durch die Garten-Pforte. Am Morgen dachte Amelie lange über ihren Traum nach, "nein, das konnte nicht sein! Sie wollte doch ihren geliebten Mann, den Vater ihrer Kinder nicht vergessen. Es war kein Platz für einen anderen Mann in ihrem Leben."

Mit ihrer neuen Zufriedenheit ging sie wieder fröhlich an ihre Arbeit. Ihren Kollegen und sogar ihrem Chef fiel auf, dass sie eine besondere Ruhe und Zufriedenheit ausstrahlte. Der Chef bat sie um ein Gespräch, Amelie hatte Angst und Sorge, dass er sie entlassen wollte. Als alleinerziehende Mutter bestand ja schließlich immer ein Grund, entlassen zu werden. Man hatte es im Arbeitsleben nicht leicht. Das Gegenteil war der Fall, "liebe Amelie, sind arbeiten nun schon so lange für uns. Ich möchte Ihnen nun gern eine andere Aufgabe übertragen." Sie bekam eine Stelle als Sekretärin, direkt in der Chefetage.

Am Abend feierte sie die Beförderung ein wenig mit ihren Töchtern, dann gingen sie früh schlafen, der nächste Tag würde lang und aufregend werden. Sie träumte in der Nacht davon, wie die Besucher in der Chefetage ein und aus gingen, aber durch ihre besondere Ruhe und Zufriedenheit gelang es ihr, alle Wünsche und Anliegen zu erfüllen. Sie hatte einen schönen Arbeitstag und war sehr zufrieden. Ihr Chef hatte sie am Abend noch gelobt und sich auf die weitere Zusammenarbeit gefreut.

Seit einigen Monaten arbeitete Amelie nun schon in der Chefetage. Die Arbeit füllte sie aus und machte sie zufrieden.

Wenn sie in der Nacht schlief, kamen keine Träume mehr, das erfüllte sie ein wenig mit Sorge, aber es sollte wohl so sein, sagte sie sich und schlief zufrieden ein. Dies war eine besondere Nacht, das hatte sie nicht gewusst. Ein Traum kam, der liebevoll aussehende Mann trat wieder durch die Gartenpforte, aber diesmal umarmte er sie, als würden sie sich schon sehr lange kennen. "Nein, das kann nicht sein", sagte sie sich am Morgen. Sie wusste noch nicht, dass dieser Tag ihr Leben verändern würde.

An diesem Tag hatte sie sehr viel zu tun in der Chefetage, es war eine große Besprechung angesetzt, viele Geschäftspartner und Aktionäre erschienen. Die Tür ging immer wieder und Amelie begrüßte die Gäste. Dann öffnete sich noch einmal die Tür und dort stand, Amelies Herz setzte für einen Moment aus, der Mann aus ihrem Traum. Nachdem sie sich kurz zur Ordnung gerufen hatte, begrüßte sie ihn freundlich und wies ihm den Weg zum Konferenzraum. Aber irgendwie war es anders, es schien, als würden sie sich schon sehr lange kennen, sie waren sofort vertraut miteinander. Nach der Konferenz bat der Mann sie, mit ihm einen Kaffee zu trinken. Amelies Herz machte lauter kleine Hüpfer. Sie unterhielten sich sehr lange und wussten sofort, dass sie hier eine sehr besondere Liebe gefunden hatten. Noch am gleichen Abend sprachen sie mit ihren Töchtern. Die drei waren von der liebevollen Art sehr berührt und spürten die besondere Liebe zwischen den beiden.

Als sie dann alleine waren, erzählte Amelie von ihren Träumen und dem Rosenquarz unter dem Kissen. "Darf ich den besonderen Stein einmal sehen?" fragte er. Sie gab ihm den Stein in die Hand, "ja, der Rosenquarz ist der Stein der Liebe, er hat uns zusammengeführt." So legte sie sich später schlafen. Wieder einmal kam ein Traum, dieses Mal sprach ihr geliebter Mann wieder zu ihr: "Amelie, ich habe über Dich gewacht. Der Rosenquarz hat meine Liebe auf Dich übertragen, so dass Du wieder glücklich werden konntest. Jetzt ist die Zeit gekommen, Dich loszulassen. Das Schicksal hat Dir eine neue Liebe zugeführt, Du bist jetzt bereit. Ich weiß, Du wirst die Erinnerung an unsere Liebe immer in Deinem Herzen bewahren. Unsere Kinder werden erwachsen werden und ihr eigenes Leben beginnen. Das muss so sein, aber es ist der Wille des Schicksals, das Ihr wieder glücklich werdet. So muss es sein, ich nehme nun Abschied von Dir, aber in Deinem Herzen wird mein Platz ewig sein." Am Morgen schien der Rosenquarz eine besondere Ausstrahlung zu haben, er war erfüllt von der Liebe, die Amelie wieder verspürte.

Schnell zog Amelie mit ihren Kindern zu ihrem Liebsten in das schöne große Haus mit dem großem Garten, das sie ja schon kannte. Aus dem besonderen Kissen ihres Mannes ließ sie drei kleine Kissen für ihre Töchter arbeiten, sie wusste, es war richtig so. Den wunderschönen Rosenquarz trug sie bei ihrer Hochzeit eingefasst als Kettenanhänger...

Das magische Bild

Seht Euch mal ein wenig in Eurer Umgebung um, in Eurer Wohnung, Euren Büros, in den Geschäften und Restaurants. Ihr werdet sehen, viele Räume sind mit dekorativen Bildern geschmückt, manchmal sind es große Bilder, manchmal kleine zierliche, Fotodrucke, Malereien mit den verschiedensten Motiven. Wir nehmen sie kurz wahr, einige Male betrachten wir sie etwas länger, weil wir sie schön finden.

Ich kannte eine besondere Malerin, sie malte ihre Bilder, um dem Alltag für eine Zeit lang zu entfliehen. Für sie bedeutete das Malen eines Bildes eine kurze Reise in eine andere Welt, sehr viele bunte Motive hatte sie bereits geschaffen. Motive aus fernen Ländern, wunderschöne Blumen und Blüten, aber auch Phantasiegebilde hatte sie schon auf die Leinwände gebracht. Am liebsten jedoch malte sie einfache, blaue Blüten. Das Malen der blauen Blüten hatte ihr schon durch so manche schwere Lebens-Krise geholfen, Krisen und schwere Schicksalsschläge hatte sie weiß Gott schon trotz ihres niedrigen Alters mehr als genug bewältigen müssen.

An einem besonderen Tag fand sie zwischen ihrem Alltag und ihren vielen Verpflichtungen ein wenig Raum und Zeit, um ein neues Bild zu malen. Bisher hatte sie Vorlagen verwendet, sie hatte noch nicht den Mut gehabt, ihre eigenen Ideen umzusetzen. Jetzt aber, weil sie fühlte, dass es ein besonderer Tag war, nahm sie Pinsel und Farben und begann. Sie wusste noch nicht, was sie malte, sie folgte einfach ihren Gefühlen. Da sie besonders zarte und helle Farben liebte, entschied sie sich ganz bewusst für diese.

Es war ein wunderschönes Bild geworden, es hatte keine Gestalt und keine Formen bekommen, aber es war einfach wunderschön. Sie hatte das Gefühl, in ihrem Bild zu versinken, in ein Meer von Farben einzutauchen. Das Bild hatte eine ganz besondere Anziehungskraft, fast wie eine Magie. Was die Malerin noch nicht wusste, war, dass sie dem Bild beim Malen diese Magie verliehen hatte, weil sie nur ihren Gefühlen gefolgt war. Jeder bemerkte, dass es sich um ein ganz besonderes Bild handelte, alle Betrachter waren davon fasziniert und spürten die besondere Magie, die von dem Bild ausging.

So erging es auch einer lieben Freundin der Malerin, lange schon litt sie unter einer sehr schweren Krankheit, die sie schon sehr lange quälte und ihrem Leben sehr bald ein Ende bereiten würde. Es gab keine Hoffnung mehr. So wollte sie einen letzten Besuch bei ihrer Freundin machen, um diese noch einmal zu sehen, bevor sie die Welten wechseln würde. Sofort fühlte sie die besondere Magie des Bildes, es war wie eine warme Umarmung, die Liebe mit der Malerin das Bild erstellt hatte, verbreitete sich im Raum. Lange stand die arme kranke Frau vor dem Bild, schließlich musste sie sich setzen, konnte den Blick aber nicht lösen. Sie war völlig in das Meer der Farben versunken.

Plötzlich wurde das besondere Bild von einem hellen Lichtschein erfüllt, die Farben leuchteten auf, ein himmlisches Licht erfüllte den Raum für einen kurzen Moment. Dann schien alles wieder normal. Den Frauen erschien das Erscheinen des Lichts wie ein unglaubliches Wunder, sie konnten kaum glauben, was sie gerade erlebt hatten.

Am Abend, als die kranke Frau nach Hause ging, bemerkte sie, dass sie keine Schmerzen mehr hatte, sie fühlte sich sonderbar leicht, es ging ihr so gut, wie lange nicht mehr. "Das liegt vielleicht an der Ablenkung, an dem Gespräch mit meiner lieben Freundin", dachte sie, "und dieses wunderbare Licht, wie schön war das."

Über Nacht waren die Farben aus dem Bild verschwunden, es war schwarz geworden. Schwarz, wie die Nacht. Die Malerin war zutiefst erschüttert, sie befürchtete, dass ihre liebe Freundin nun in die andere Welt hinüber gewechselt war, und das Bild die Trauer trug. Schnell griff sie zum Telefon, um ihre Freundin anzurufen. Voller Freude erzählte diese ihr, wie gut es ihr bereits auf dem Nachhauseweg gegangen war, gleich heute Morgen war sie zum Arzt gegangen, weil sie spürte, das sich etwas verändert hatte. Der Arzt hatte dann festgestellt, dass sie völlig gesund geworden war. Er war völlig überrascht, so etwas hatte er noch niemals während seiner langen Laufbahn erlebt. Hier war wirklich ein Wunder geschehen, das stand für ihn fest.

Ja, es war wirklich ein Wunder geschehen. Die wunderbaren, schönen Farben, dieses magische Bild, das die Malerin gemalt hatte, nur in dem sie sich von ihren Gefühlen leiten ließ, hatten die schwere Krankheit der Freundin aufgenommen. Während die Freundin völlig im Farbenmeer versunken war, hatte die Krankheit ihren Körper verlassen und wurde in dem Bild aufgenommen und gebündelt. Das Farbenmeer hatte die Krankheit dann in dieses wunderbare, helle Licht umgewandelt, welches die Frauen erlebt hatten. So hatte das Bild seine Aufgabe, für die es geschaffen worden war, erfüllt und war schwarz geworden. Die Malerin bewahrte es an einem besonderen Platz auf, weil es für sie die Erinnerung an das Wunder war. Das Bild trägt heute den Namen "Das Wunder der Heilung".

Das Pilz-Häuschen

Einige von uns essen sehr gerne Pilze. Pilze gibt es in vielen verschiedenen Sorten und Variationen. Wenn wir im Wald spazieren gehen, sehen wir auch einige Pilze...Wir sind geneigt, die Pilze zu sammeln, das sollten wir aber nur tun, wenn wir uns wirklich gut damit auskennen. Jeder weiß, dass manche Pilze sehr giftig für den Menschen sind und diese sind auch leicht mit essbaren Pilzen zu verwechseln. Warum erzähle ich Euch das alles?

In einem kleinen Wäldchen lebte ein Wichtelmännchen. Es war winzig klein, so klein, das es sein Häuschen in einem Pilz eingerichtet hatte. Das Pilz-Häuschen war sehr niedlich, aber so klein, das es von den Menschen übersehen wurde. Das Wichtelmännchen hatte sein Dach mit roter Farbe bemalt, weil es aber ein sehr lustiges Wichtelmännchen war, hatte es auf das rote Dach noch lauter weiße Tupfen gemalt. So sah sein Häuschen sehr fröhlich aus, aber es war nun auch auf weite Entfernung zu sehen.

Ihr ahnt es schon, das fröhliche Wichtelmännchen hatte sich in einem giftigen Fliegenpilz niedergelassen. Jeden Tag kamen seine Freunde, die Erdkäfer vorbei. Sie saßen dann bei einem leckeren Waldbeer-Tee und hielten ein Schwätzchen. Trotz der vielen Gesellschaft fühlte sich das Wichtelmännchen ein wenig einsam. Es hatte das Gefühl, das einzige Wichtelmännchen auf der Welt zu sein. Nachts träumte es oft davon, wie es wohl sei, eine eigene Familie zu haben. Aber wie sollte das gehen, wenn man doch ganz allein auf der Welt war?

An einem schönen sonnigen Tag saßen die Käfer wieder einmal bei ihrem Freund auf der kleinen Terrasse und genossen ihren Tee, als sie plötzlich laute, fröhliche Stimmen hörten. Eine kleine Familie machte einen Spaziergang durch den Wald, die Kinder schauten sich um und entdeckten so allerlei spannende Dinge im Wald. Das kleinste der Kinder, Annalena, war erst zwei Jahre. Sie war ein besonders neugieriges Wesen. Es dauerte nicht sehr lange, da hatte sie den fröhlich bunten Pilz entdeckt. Gleich machte sie sich auf, den Pilz näher zu untersuchen. Das Wichtelmännchen und seine Freunde wussten um die Gefahr, in der sie alle schwebten. In wenigen Augenblicken würde die kleine Annalena sein Zuhause zerstören und sich mit dem Pilz vergiften.

Die Käfer flohen in alle Richtungen, unser Wichtelmännchen rief aufgeregt: "Nein, nein, tu das nicht!" Weil aber die kleine Annalena sein zartes Stimmchen nicht hören konnte, musste es nun ganz blitzschnell etwas unternehmen. Da hatte es eine Idee, sofort begann es, Annalena an der Nase zu kitzeln. Diese hielt einen Moment lang inne, sie hielt den bunten Pilz immer noch für ein ganz besonders schönes Spielzeug. So kitzelte unser Wichtelmännchen Annalena an den Füßen. Die Käfer kamen ihm mutig zu Hilfe, so das Annalena vor lauter Lachen den bunten Pilz vergaß. Sie lag unter den Sträuchern und musste sich vor Lachen den Bauch halten.

Ihre Eltern hatten nun schon eine Weile nach ihr gerufen und suchten sie ganz aufgeregt. Endlich sahen sie sie unter den Sträuchern, sie rannten zu ihr und wunderten sich, warum die Kleine lachte, Erwachsene können keine Wichtelmännchen sehen und die Käfer hatten sich ganz schnell unsichtbar gemacht, schließlich durften sie nicht von Erwachsenen gesehen werden. Annalenas Mutter jedoch hatte sich die Seele eines Kindes bewahrt, so sah sie, was unser Wichtelmännchen und die Käfer für ihr Kind getan hatten. Sie hatten es vor dem Tod durch eine Pilzvergiftung bewahrt.

Gerne wollte sie ihnen danken, schließlich hatten sie ihrem Kind das Leben gerettet.

Sie bekam vom Wichtelmännchen eine Tasse Waldbeertee serviert, das Wichtelmännchen erzählte ihr von seinem Leben im Wald, von seinen Freunden, den Käfern, aber auch von seinem Wunsch nach einer Familie und wie einsam das Leben doch manchmal für ihn war.

Nachdem das Wichtelmännchen mit seiner Erzählung geendet hatte und der Tee längst ausgetrunken war, begann sie, zu erklären. "Ich habe noch die Seele eines Kindes in mir, obwohl ich längst erwachsen bin. Aber ich kenne ein großes Geheimnis. Die Käfer, die deine Freunde sind, sind verzauberte Wichtelmännchen. Wenn Du sie nachher triffst, wird sich der Zauber gelöst haben. Die Kinder haben einem Kind, meinem Kind, das Leben gerettet, das war ihre Prüfung, um den Zauber aufzulösen. Du wirst sehen." Es dauerte nicht mehr lange und die verzauberten Wichtelmännchen kehrten zum Pilzhäuschen zurück. Unser Wichtelmännchen traute seinen Augen nicht, nun hatte es eine große Familie. Wie aber konnte das geschehen sein? Und warum war es nicht verzaubert worden, wie seinerzeit die Anderen? "Du warst, als der Zauber über das Pilzdorf gelegt wurde, nicht da. Deine Aufgabe war es, den giftigen Pilz zu markieren, damit er für die Menschen gut sichtbar ist. Jeder Mensch kennt diesen gefährlichen Pilz nun dank deiner farbenfrohen Markierung." Annalenas Mutter ging fort, niemals mehr konnte sie die Wichtelmännchen sehen, sie hatte ihre kindliche Seele bei den Wichtelmännchen zurück gelassen und war auch in ihrer Seele erwachsen geworden.

Das Püppchen

In unserem Zeitalter, das auch das Zeitalter der Globalisierung genannt wird, haben wir überall und immer die Möglichkeit, miteinander in Kontakt zu sein. Egal, ob per Telefon, Handy, Internet, E-Mail, alles ist möglich. Die Technik kann in rasender Eile Entfernungen überwinden und wir können von verschiedenen Kontinenten mit einander sprechen, so dass wir das Gefühl haben, fast nebeneinander zu sitzen. Es ist möglich, bestehende Kontakte auf der ganzen Welt zu halten oder auch neue Kontakte zu knüpfen. Die moderne Technik kann jedoch keine Gefühle übertragen, wir können zwar am Telefon sagen "ich liebe Dich", aber unser Gegenüber kann es nicht fühlen. Wir müssen also auch zu anderen Möglichkeiten greifen, ein handgeschriebener Brief, ein liebevoll gepacktes Päckchen, können auch sehr viel Liebe ausdrücken.

Farina lebte etliche hundert Kilometer von ihrer Familie entfernt in einer Stadt, das Schicksal hatte sie dorthin verschlagen, sie war einigen Freunden gefolgt, um weit weg von ihrer Familie zu leben. Sie fühlte sich dort gut, und telefonierte regelmäßig mit ihrer Mutter. Die räumliche Trennung hatte beiden gut getan, sie hatten über die Entfernung wieder zu einander gefunden, während Farinas Pubertät hatten sie große Schwierigkeiten miteinander gehabt, oft war es zu heftigen Streits gekommen, die sich nicht mehr beilegen ließen. Eines Tages erfuhr Farina, das sie schwanger war. Sie hatte große Angst vor der Aufgabe, die nun auf sie zukam. Oft telefonierte sie mit ihrer Mutter, und sie sprachen über die Schwangerschaft und die bevorstehende Geburt. Farinas Mutter machte sich große Sorgen über die Zeit nach der Geburt, wie würden Farina und die Kleine sich entwickeln, wie würde die Zukunft für die beiden wohl aussehen?

In den schwersten Stunden des Lebens kommt immer unsere Vorbestimmung zu Hilfe.

Farinas Baby wurde zwei Monate zu früh geboren, es musste noch lange in der Kinderklinik bleiben. So hatte Farina Zeit, in ihre Mutterrolle hinein zu wachsen. Der Vater wollte sich nicht um sein Kind kümmern, so würde Farina eine alleinerziehende Mutter sein. Es tat ihr gut, jeden Tag in die Klinik zu gehen, sich um ihr Kind, das mittlerweile den Namen Ida trug, zu kümmern. Sie wurde von den Schwestern angeleitet, und konnte über all ihre Sorgen und Ängste mit den Schwestern sprechen. Nach drei Monaten hatte sich die kleine Ida so weit entwickelt, dass sie nach Hause entlassen werden konnte. Farina war in den Monaten sehr gereift, sie war nun ihrer Mutterrolle gewachsen.

Sie hatten eine schöne Zeit, oft telefonierte Farina mit ihrer Mutter, erzählte von den Fortschritten, die Ida machte, von ihren Sorgen und Nöten. Farinas Mutter wollte gerne mal die Kleine sehen, sie hatte sie kurz nach der Geburt in der fernen Stadt besucht, aber auf der Intensiv-Station, und auch nur sehr kurz. So reiste sie, ihre Tochter und ihre Enkeltochter zu besuchen. Sie hatten ein wunderschönes Mutter-Tochter-Enkelkind-Wochenende. Der Abschied von den beiden fiel der frischgebackenen Omi schwer, sie wollte auf jeden Fall wieder kommen.

Oft schickte sie Päckchen mit kleinen Geschenken für die zwei in die ferne Stadt, sie trennte sich sogar von ihrem Kuscheltier, das sie seit ihrer Kindheit begleitete. Das sollte jetzt ihrem ersten Enkelchen gehören. Eines Tages nähte sie ein Püppchen, ein ganz besonderes Püppchen, das sollte Ida bekommen. Sie beschloss, ganz viel von ihrer großmütterlichen Liebe in das Püppchen einzunähen. Dann ging das Püppchen mit der Post auf die Reise in die ferne Stadt. Schnell hatte die kleine Ida das Püppchen in ihr Herz geschlossen, es schlief bei Ida, es begleitete sie in die Kinder-Gruppe, zum Einkaufen mit der Mutti, ja, natürlich auch zum Kinderarzt, es gab keine Nacht, in der Ida ihr Püppchen nicht im Bett hatte. Wenn Ida müde war, war ihr Püppchen auch müde, war Ida krank, war das Püppchen auch krank.

Die kleine Ida war wieder krank geworden, dieses Mal hatte sie keinen harmlosen Schnupfen, sie hatte sehr hohes Fieber, Farina musste sie ins Krankenhaus bringen, weil keine Medizin mehr half, die Ärzte wussten keinen Rat. Ida war ja als Frühchen zur Welt gekommen und daher besonders anfällig für alle Viren und Infektionen. Das Fieber stieg, sie konnten es nicht in den Griff bekommen, Ida erkannte Farina nicht mehr, kurze Zeit später fiel sie in ein tiefes Koma. Es schien keine Hilfe zu geben, Farina wusste nicht, was sie tun sollte, sie wollte ihre kleine Ida nicht verlieren. In ihrer Not rief sie ihre Mutter an, um ihr zu berichten, wie es um die kleine Ida stand. Sie konnte nicht begreifen, das Ida so hilflos dalag, keine Reaktion zeigte, Stunde um Stunde saß sie an Idas Bettchen, sprach mit ihr und las ihr kleine Geschichten vor. Ida reagierte nicht. Farinas Mutter betete, sie war sehr traurig, weil sie über die große Entfernung nicht helfen konnte. Während sie um das Leben der kleinen Ida betete, wurde es plötzlich sehr warm und hell in ihrem Herz, sie hörte , wie aus einer sehr großen Entfernung eine Stimme in ihrem Herzen: "Bring das Püppchen zu Ida, es wird ihre Rettung sein. Die Liebe, die in das Püppchen eingearbeitet ist, wird Ida zurück ins Leben holen."

Es war, als würde sie aus einem wunderschönen Traum erwachen. Sofort wusste sie, was zu tun war, sie rief Farina gleich an, und erzählte ihr von dem Püppchen, und warum es so besonders war. Schließlich hatte sie die Liebe in das Püppchen eingenäht.

Farina holte direkt das Püppchen von zuhause, und bat die Ärzte, es zu Ida ins Bettchen legen zu dürfen. Die Ärzte zögerten, es musste alles steril und keimfrei bei so einem kleinem kranken Kind sein, stimmten aber schließlich zu, nachdem Farina ihnen erklärt hatte, was es für ein besonderes Püppchen sei. Eine weitere Nacht verging, es zeigte sich keine Veränderung in Idas Zustand.

Farina wollte nicht aufgeben, sie legte das Püppchen direkt in Idas kleine Ärmchen, es dauerte nicht lange, und die Liebe begann zu wirken. Plötzlich sank das Fieber, Ida schlug die Augen auf. Sie war in die Welt zurück gekehrt und sah sich ganz verwundert in der fremden Umgebung um. Als sie Farina erkannte, begann sie, zu lächeln. Sie lachte, als sie ihr Püppchen erkannte und begann gleich, wie immer mit ihrem Püppchen zu spielen. Die Liebe hatte sie ins Leben und in unsere Welt zurück geholt. Ida wurde schnell wieder ganz gesund und konnte wieder nach Hause entlassen werden, niemals ließ sie ihr Püppchen aus den Augen. Farina hatte die Liebe ihrer Mutter zu ihnen beiden erkannt, die sie ins Püppchen eingenäht hatte.

So hatte Farinas Mutter einen Weg gefunden, die Liebe über eine sehr weite Entfernung auszusenden. Sie nähte weiterhin niedliche kleine Püppchen, in alle nähte sie eine große Portion ihrer Liebe ein, damit diese noch so manchem kleinem Kindchen Freude bereiten konnte.

Das verwunschene Schloss

Als wir noch Kinder waren, haben wir alle Märchen gelesen. Oft geht es in Märchen um Königinnen, Prinzessinnen, Könige, Schlösser, eine böse Stiefmutter oder eine Hexe ist auch immer dabei. Das muss so sein. Manchmal lesen wir auch von irgendwelchen Fabelwesen oder Zauberern, immer aber geht das Märchen gut aus. "Und sie lebten glücklich und zufrieden bis ans Ende ihrer Tage", so enden fast alle Märchen. Sehr viele Märchen haben allerdings einen ernsthaften Hintergrund und sind nicht einfach nur geschrieben worden, um die Menschen zu unterhalten.

So will ich heute auch von einem Märchenland erzählen. Hier wohnten lauter wundersame Gestalten, es gab auch ein verwunschenes Schloss, welches den Mittelpunkt des Märchenlandes bildete. Im Märchenland lebten die Menschen, die ein Gebrechen hatten. Menschen, die nicht laufen konnten, im Rollstuhl saßen, blinde oder taube Menschen. Menschen, die durch eine schwere Krankheit kein normales Leben mehr führen konnten, Menschen, die schon mit einer Behinderung zur Welt gekommen waren. Jeder, der aus irgendwelchen Gründen kein "normaler" Mensch war, wurde ins Märchenland geschickt. Schließlich waren all diese Menschen für die Gesellschaft kein Gewinn, nein, sie stellten eine Belastung für die "normalen, gesunden Menschen" dar. Sobald man nicht mehr arbeiten konnte, oder der Gesellschaft durch eine Krankheit oder Behinderung zur Last fiel, wurde man ins Märchenland abgeschoben.

Sie alle lebten dort gemeinsam im verwunschenen Schloss, oft waren sie traurig, weil ihre Familien sie einfach weggegeben hatten. Es schien ihnen, als seien sie zu nichts mehr nutze. Einige wurden von ihren Schmerzen gequält, andere hatten die Hoffnung längst verloren. So gaben sie sich gegenseitig Trost, damit ihr Leben nicht so einsam und traurig verlaufen würde.

Eines Tages wurde Henrikus ins Märchenland abgeschoben. Er war durch eine Krankheit blind geworden, schnell hatte seine Frau aufgehört ihn zu lieben. Seine neuen Kameraden führten ihn durch das Schloss, er konnte nicht sehen, aber dafür fühlte er umso intensiver. Sofort spürte er, wie traurig sie alle waren. Aber er spürte auch die Liebe, die sie ihm entgegen brachten, sie hatten ja nur noch sich, also wollten sie alle zusammen halten und sich gegenseitig unterstützen, so gut es ging, Hendrikus bemerkte schnell, dass das Schloss, in dem sie alle lebten, verwunschen war. Immer wieder überlegte, wie diese traurige Verzauberung zu durchbrechen sei. Die Traurigkeit des Schlosses war in den Mauern, ja, sogar in der Luft, die sie atmeten, zu spüren. Weil er nicht sehen konnte, ließ er sich wieder und wieder von einem Kameraden durch das Schloss führen und versuchte, durch Tasten seine Umgebung zu erkunden.

Nach einigen Monaten, jeden Tag war er durchs Schloss geführt worden, jede Ecke und jeden Winkel hatte ertastet, und überall die Trauer und den Schmerz gefühlt, führte ihn sein Kamerad in das letzte Zimmer, das er fühlen musste. Das Zimmer lag im äußersten Winkel des Schlosses, es war fast vergessen worden. Lange Jahre hatte es niemand mehr betreten, das fühlte er sofort. Hier gab es keine Möbel, nur ein sehr altes Klavier war einmal abgestellt worden. Henrikus setzte sich auf einen alten Schemel, den sein Kamerad ihm hingeschoben hatte. Er begann vorsichtig, das Klavier zu betasten, alles war noch in Ordnung.

Kurze Zeit später ertönte eine wundervolle Melodie durch das verwunschene Schloss, sie kam aus dem kleinen, fast vergessenen Zimmer. Die Melodie bewegte sich fort, sie drang durch Türen und Wände, drang in die Ohren der traurigen Schloss-Bewohner und schaffte sich Platz in deren Herzen. Langsam verschwanden der Schmerz und die Trauer, die über dem verwunschenen Schloss gelegen hatten. Das verwunschene Schloss wurde von der Melodie beherrscht. Sie brachte die Liebe und Zufriedenheit in die Herzen der Schloss-Bewohner zurück, Henrikus war glücklich. Er spielte und spielte, konnte gar nicht aufhören, die Tasten zu berühren.

Dann geschah ein großes Wunder...die Melodie war in alle Herzen gedrungen, die Liebe hatte sich wieder verbreitet. Alle Bewohner waren durch die wundervolle Melodie von ihren Leiden geheilt worden. Es war kein Platz mehr für eine Krankheit in ihren Körpern, sogar das verwunschene Schloss war nicht mehr verwunschen. Es erstrahlte in vollem Glanz, war umgeben von prächtigen Rosenbüschen und lauter blühenden bunten Blumen.

Henrikus bemerkte das Wunder als letzter, er sah die Sonne untergehen.

Jeden Tag spielt nun Henrikus die Melodie seines Herzens, um die Trauer und Einsamkeit vom Schloss fern zu halten. Man hört sehr viele fröhliche Stimmen aus dem Schloss dringen. Es ist einfach schön und soll so bleiben.

Der Regen

Wir reden viel über das Wetter, wenn die Sonne scheint, freuen wir uns. Wenn es regnet, sind wir ein wenig genervt, weht ein Wind, fluchen wir manchmal, weil er uns den Schirm wegpustet oder irgendetwas anderes Witziges anstellt. Das Wetter ist ein sehr beliebtes Gesprächsthema, wenn wir unseren Nachbarn treffen, in ein Geschäft gehen oder im Wartezimmer sitzen. "Wie wird das Wetter morgen?" oder "Ist es heut nicht schön?" Das Wetter aber ist etwas, das wir Menschen hinnehmen müssen, wir können es glücklicherweise nicht beeinflussen, egal, wie viel Macht oder Geld wir haben. Es ist für alle Menschen gleich, ob reich oder arm, das Wetter ist das Gleiche. Und das ist gut so.

Ein weiser Mann hatte in einem großen, aber sehr verwildertem Garten, Arbeit gefunden. Er liebte diese Arbeit, mähte das Gras, pflanzte liebevoll kleine Kräuterchen, zupfte Unkraut, wobei mir persönlich die Bezeichnung "ungeliebte Wildkräuter" viel besser gefällt. Aber das Zupfen der "ungeliebten Wildkräuter" musste ja nun auch sein, sonst würden diese sich unkontrolliert über die Beete verbreiten und für die neuen kleinen Pflänzchen wäre kein Platz zum Wachsen geblieben. Der Mann liebte die großen, alten Bäume, die ringsum wuchsen, sie schienen den Garten zu schützen. Natürlich boten sie den vielen fröhlichen Vögeln Schutz, Heim und Nahrung, er liebte es, während seiner Arbeit inne zu halten, und den vielen verschiedenen Tieren bei ihrem munterem Treiben zu zusehen.

Mit seinem Kollegen hatte er aus alten Steinen Spiralen errichtet, in denen die kleinen Kräuterchen heranwachsen sollten. Viele verschiedene Kräuter hatten sie gesetzt. Kräuter, die als Tee zubereitet werden konnten, Kräuter, die in der Küche eingesetzt werden konnten, Kräuter, die einfach nur intensiv dufteten, aber auch Heilkräuter, die für manch ein Zipperlein eingesetzt werden konnten.

Der Sommer war gekommen, es war ein sehr heißer Sommer, Regen hatte es nun schon sehr lange nicht mehr gegeben. So wässerten sie jeden Tag liebevoll die kleinen Pflänzchen, da aber die Oberfläche der Beete schon so ausgetrocknet war, bekamen die Pflänzchen nicht mehr viel vom Wasser ab, das Wasser rann die Beete hinunter, als sei es nie dagewesen. Um den kleinen Pflänzchen ein bißchen Schatten zu spenden, hatten sie extra über jede Spirale große, runde Sonnenschirme aufgebaut, so dass man denken konnte, es wüchsen riesige, bunte Blumen aus den Spiralen. Alles half nicht, der weise Mann wusste, es war gut, die Pflänzchen zu gießen, aber nur ein langer, warmer Sommerregen würde ihnen wirklich helfen.

So sprach er zu seinem Kollegen: "Gießen ist für die Pflanzen gut, aber Regen ist besser. Denn das Gießen kommt von uns Menschen, der Regen aber kommt von Gott." Er begann, zu beten, er betete um Regen.

Die kleinen Engelchen im Himmel aber hatten die riesigen, bunten Sonnenschirm-Blüten entdeckt, sie freuten sich, so etwas Schönes hatten sie noch nie gesehen. Das mussten sie dringend ihrem weisem Vater, unserem Gott zeigen. Kaum hatte er die wunderschönen bunten Blüten, die ja keine waren, gesehen, hörte er das Gebet des weisen alten Mannes. Sofort ging ein warmer, langer Sommerregen auf den Garten herab. Der Regen dauerte sieben Tage und Nächte, so dass die kleinen Kräuterchen gut gedeihen konnten und bald danach in großer Pracht standen. Die wunderschönen riesigen, bunten Sonnenschirm-Blüten, auf die die Engelchen aufmerksam geworden waren, erblühten niemals wieder.

Der weise Mann dankte in einem Gebet seinem himmlischen Vater, nur über "seinem" Garten war der wundersame Regen hinab gegangen.

Der Regenbogen

Manchmal erzählen wir unseren Kindern Geschichten von Fantasie-Gestalten, guten Feen, die Zahn-Fee, der Weihnachtsmann, der Osterhase, der Bu-Mann, der schwarze Mann und wie sie alle heißen. Einige dieser Gestalten tun nur Gutes, andere sind dazu da, den Kindern ein wenig Angst zu machen.

In dem Land am Ende des Regenbogens leben die Wichtelmännchen, sie tun uns sehr viel Gutes, ohne dass wir es bemerken. Ihre schwere Arbeit verrichten sie unter dem Erdboden, dort sorgen sie für die Insekten, die Krabbel-Käfer, die Würmer und die Wurzeln der Pflanzen. Auch in der Luft verrichten sie ihre Arbeit, sie sorgen hier für die Blüten, die fliegenden Insekten, einfach für alles, was sich in der Luft bewegt. Ihre besten Freunde sind die Schmetterlinge, mit denen fliegen sie von Blüte zu Blüte, um diese zu bestäuben. Das ist eine sehr wichtige Aufgabe, denn ohne das Weitertragen des Blütenstaubes würden die Blumen, aber auch die Bäume sich nicht mehr fortpflanzen. So sind die fröhlichen kleinen Wichtelmännchen den lieben langen Tag damit beschäftigt, sich um die Natur zu kümmern.

Die Wichtelmännchen, die zu alt sind, um noch auf den Schmetterlingen hin und her zu fliegen, um ihre Arbeit zu verrichten, bleiben in ihrem kleinen Schloss. Sie bewachen dort einen sehr schönen Edelstein, einen ganz klaren Bergkristall. Der älteste der Wichtelmännchen hatte noch miterlebt, wie der Stein auf die Erde gekommen war. Eines Tages, das ist nun schon mehrere hundert Jahre her, Schoss aus dem Weltall ein Komet auf die Erde, und der Bergkristall landete genau neben einem Baum, der auch schon uralt war. Das Schloss hatten die Wichtelmännchen, als sie noch jung waren, zum Schutze des Bergkristalls gebaut. Gerne erzählte der Älteste seinen Kameraden davon, sie saßen dann alle auf ihren kleinen Stühlchen, die sie sich eigens für das Schloss gebaut hatten, und konnten durch den Bergkristall auf die Erde, in das Leben der Menschen sehen.

Es gab keine Liebe mehr unter den Menschen, das konnten sie durch den Kristall nicht nur sehen, sondern sogar auch fühlen. Die Menschen waren sogar so gedankenlos geworden, dass sie nicht einmal mehr einen Regenbogen bemerkten, wenn er nach einem Regenschauer am Himmel erschien und die Menschen auf das Land der Wichtelmännchen aufmerksam machte.

Eines Tages, die Wichtel saßen wieder in ihrer Runde und schauten durch den Bergkristall, sahen sie, wie ein Auto auf der Erde verunglückte. Es war ein schrecklicher Anblick, auf dem Rücksitz des Autos war ein kleines Kind angeschnallt, es weinte, seine Eltern waren völlig leblos, die Wichtelmännchen fühlten, dass die Eltern sterben würden. Was sollten sie tun? Sie konnten das Kind nicht zu sich nehmen, ein Menschenkind konnten sie nicht in ihrem Land groß ziehen, sie lebten vom Blütenstaub und flogen auf Schmetterlingen, gruben mit den Käfern in der Erde. Schnell schickten sie einen aus ihrer Runde mit einem Schmetterling an die Stelle des Unfalls, die Eltern waren schon verstorben, als er landete. Es war sehr schnell gegangen und Hilfe war nicht mehr möglich gewesen. So blieb dem Gesandten aus dem Land am Ende des Regenbogens nur noch ein letzter Liebesdienst an die Menschen. Er transportierte die Seele der Beiden ganz behutsam auf dem Rücken seines Schmetterlings in den Himmel, wo sie gleich die Gestalt von Engeln annahmen.

Schnell musste der Gesandte mit seinem Schmetterling zurück fliegen, und sich um das Kind kümmern, es weinte sehr laut. Mittlerweile hatten Helfer es aus dem Auto befreit, aber es hatte einen sehr großen Schock und zudem Angst vor den fremden Menschen, so weinte und weinte es. Die Wichtelmännchen sind für die Erwachsenen unsichtbar, aber Kinder, die eine besonders reine Seele haben, können sie sehen. So hatte das Kleine es auch schnell erkannt, vor lauter Überraschung weinte es nicht mehr, es begann sogar, ein wenig zu lächeln. Es war einfach noch zu klein, um zu verstehen, was geschehen war. Das Wichtelmännchen begann, leise und vorsichtig zu dem Kind zu sprechen, so dass es sich mehr und mehr beruhigte. Die Helfer waren sehr verwundert über das, was nun geschah. Sie sahen, wie ein wunderschöner, leuchtender Regenbogen am Himmel erschien, "das ist ein Zeichen", sagten sie. Der Regenbogen hatte seine Aufgabe erfüllt, das arme kleine Kind, das vorhin noch bei dem Helfer im Arm gelegen hatte, war in ein Wichtelmännchen verwandelt worden, da aber Erwachsene diese nicht sehen können, war das Kind für die Erwachsenen verschwunden. Der Helfer hielt statt des Kindes einen wunderschönen Bergkristall im Arm. Sie schüttelten den Kopf und konnten nicht glauben, was sie hier erlebt hatten.

Unser Kindchen aber, das ja nun ein Wichtelmännchen war, reiste fröhlich mit seinem neuen Beschützer auf dem Rücken seines Schmetterlings in das Land am Ende des Regenbogens. Dort lebte es mit den anderen Wichtelmännchen glücklich und zufrieden einige hundert Jahre. Die Menschen auf der Erde wussten, sie hatten etwas Einzigartiges erlebt, ein Wunder. Um dieses Wunder zu erhalten, legten sie den Bergkristall auf das Grab der Eltern. Und immer, wenn die Sonne nach einem Regenschauer hinter den Wolken hervorkam, sahen sie zum Regenbogen, wenn jemand von ihnen ein schweres Herz hatte, ging er zum Bergkristall und konnte ihm sein Leid klagen, die Wichtelmännchen sprachen dann zu ihm und gaben ihm Trost oder Ratschläge, wie sein Leid zu bewältigen sei. So gab es nach dem Wunder endlich wieder mehr Liebe unter den Menschen, sie bemerkten kleine Dinge, wie eine Blüte, einen Schmetterling am Himmel, einen Regenbogen, manchmal eine zarte Brise. Dann lächelten sie glücklich.

Der Schlüssel zum Himmelstor

In unseren Regionen regnet es sehr oft. Aber jeder von uns kennt den Spruch: Nach Regen kommt Sonnenschein. Manchmal können wir dann einen Regenbogen sehen, wir werden für einen kleinen Augenblick aufmerksam und bewundern die bunte Farbenpracht, aber keiner von uns weiß, wo der Regenbogen beginnt und wo er endet.

Johanna war ein sehr kluges, aufgewecktes Mädchen, mit ihren 6 Jahren ging sie nun in die erste Klasse und konnte schon ein wenig schreiben und lesen. Sie malte sehr gerne bunte Bilder, kurzum, sie bereitete ihrer Mutter sehr viel Freude. Eines Tages, nachdem es sehr lange geregnet hatte, begann die Sonne zu scheinen, schnell hatte Johanna den leuchtenden Regenbogen entdeckt, der sich gebildet hatte. Sie holte ein großes Blatt Papier und begann, einen bunten Regenbogen zu malen. Das Bild schenkte sie dann ihrer Mutti mit der Frage: "Mutti, wo beginnt eigentlich der Regenbogen? Und wo hört er auf?" Diese Frage beantwortete die Mutter, indem sie erklärte, das der Regenbogen eigentlich nur eine Art Erscheinung sei, die durch die Lichtbrechung der Sonnenstrahlen entstehe, was ja auch eine absolut vernünftige Erklärung war.

Damit wollte sich Johanna aber nicht zufrieden geben. Als nach langen Regentagen plötzlich die Sonne durchbrach und am Himmel ein Regenbogen erschien, machte sie sich auf den Weg. Sie hatte ein paar Kekse und eine Saft-Flasche eingepackt und marschierte mit ihrem kleinen Rucksack kos, um den Anfang des Regenbogens zu suchen. Da ein Regenbogen jedoch nicht so sehr lange am Himmel steht, entschloss sie sich dann, lieber zum Ende des Regenbogens zu gehen, um zu schauen, was da los war. Anfangs marschierte sie noch sehr zielstrebig in die Richtung, die ihr der Regenbogen wies, aber nach einer Stunde wurden ihre kleinen Beine schwer, sie ging schon langsamer, ließ sich jedoch nicht von ihrer Idee abbringen. Nach einer weiteren Stunde konnte sie nicht mehr und machte erst einmal eine kleine Rast, sie aß ein paar Kekse und nahm einen Schluck Saft. Plumps, forderte ihr kleiner Körper sein Recht, und sie schlief auf der Stelle ein.

Ein kleines Wichtelmännchen trat zu ihr. Es staunte...so etwas hatte er noch nie gesehen. Aus Erzählungen der älteren Wichtel wusste er, dass es sich hier um ein Menschenkind handeln musste. Schnell rief er die anderen Wichtel. Vorsichtig kamen sie herbei und staunten. Johanna schlief so tief, sie bemerkte nichts von der Wichtelschar. Das kleine Wichtelmännchen strich ihr vorsichtig übers Haar, um sie zu wecken, schließlich konnte das Menschenkind nicht lange in der Sonne schlafen, wenn es keinen Sonnenstich bekommen sollte. Johanna kam zu sich, sie war sehr verwundert. "Wo bin ich? Wer seid Ihr? Wo ist meine Mutti?" Die älteren Wichtel waren sehr weise, sie erklärten ihr, sie sei im Land der Wichtel, dieses Land liege am Ende des Regenbogens. Es sei ihnen allerdings ein Rätsel, wie ein Menschenkind diesen Weg jemals schaffen konnte, schließlich müsse man erst das Himmelstor durchqueren und das sei einem Menschenkind beileibe nicht möglich.

Johanna war glücklich, sie hatte das Ende des Regenbogens entdeckt, sie freute sich so sehr, dass sie mit den Wichteln ihre Kekse und ihren Saft teilte. Das gab ein Fest für die Wichtel, Kekse, Saft und auch noch ein Menschenkind. Nachdem der ganze Proviant verzehrt war, unterhielten sie sich noch sehr lange über das kleine Wunder, was sie hier erlebten. Nur das kleine Wichtelmännchen, welches Johanna gefunden hatte, wurde sehr nachdenklich, wie sollte das Menschenkind nur wieder nach Hause kommen? Es konnte ja schlecht für immer bei ihnen bleiben, mit ihnen leben, die Mutti würde es vermissen, so ein Menschenkind konnte ja auch nicht vom Blütenstaub leben, wie es die Wichtelmännchen taten.

Der Älteste der weisen Wichtel bemerkte die Bedenken, er erklärte Johanna und den anderen Wichteln, was zu tun sei. "Mein liebes Kind, Du bist ein ganz besonderes Kind. Nur Kinder, die von Gott gesegnet sind, können das Himmelstor durchqueren. Seit hunderten von Jahren hat es das nicht mehr gegeben. Aber Du musst zurück, zurück in Deine Welt, die Welt der Menschen. Es gibt einen Schlüssel für das Himmelstor, den werde ich Dir jetzt anvertrauen. Behüte ihn sehr sorgfältig, auch wenn Du später wieder zuhause bist, es ist ein sehr wertvoller Schatz. Viele Menschen wissen ihn nicht zu schätzen und gehen achtlos vorbei, wenn sie ihn sehen." Er gab Johanna einen wunderschönen Bergkristall, sie war entzückt, weil der Stein so rein und klar war, man konnte durch ihn hindurch schauen. "Kluge Menschen sehen auf der Erde das ganze Leben in einem Bergkristall," erklärte der weise Wichtel, "für dich ist es aber der Schlüssel, um durch das Himmelstor zurück zu kehren. Wenn Du wieder einmal einen Regenbogen siehst, hast Du die Möglichkeit, mit dem Schlüssel zurück zu kommen, dann werde ich Dir noch viel mehr über die Weisheit und den Reichtum der Heilsteine erzählen. Es ist Deine Aufgabe, die Steine auf die Erde zu bringen und den Menschen ihre Wirkungsweise nahe zu bringen."

Nun ging es wieder auf die große Reise, Johanna musste sich mit dem Bergkristall in den Händen auf eine wunderschöne Blumenschaukel setzen, die Wichtel sangen ein Lied zum Abschied, sie winkten ihr zu und schon sauste ihr Menschenkind über den Regenbogen, durch das Himmelstor auf die Erde zurück.

Plumps, Johanna lag im Garten, ihre Mutti kam hinzu und war verwundert. "Nanu, hast Du etwa im Garten geschlafen? Warst Du so müde? Und alle Kekse hast Du gegessen? Sogar den ganzen Saft ausgetrunken? Aber Du darfst nicht so lange in der Sonne spielen, das tut Dir nicht gut, lass uns lieber einmal in den Schatten gehen."

Johanna zeigte der Mutter den Bergkristall, die Mutti war erstaunt, als Johanna ihr von den Wichtelmännchen erzählte, sie war überzeugt, Johanna habe geträumt und den Stein beim Spielen gefunden. Sie fand die Geschichte vom Regenbogen, der durch das Himmelstor führte, sehr schön. "Eine Phantasie hat das Kind..."

Ihr wisst vielleicht, dass Krankenschwestern, die auf Intensiv-Stationen arbeiten, oft einen Bergkristall in die Fenster von Zimmern hängen, in denen Patienten im Sterben liegen. Der Schlüssel zum Himmelstor lässt die Seele der Sterbenden leichter weichen...das Sterben ist so für die Kranken nicht so qualvoll. Auch in Hospizen weiß man um die Wirkung so eines Bergkristalls.

Wenn Ihr mal die Möglichkeit habt, einen Bergkristall zu sehen, betrachtet ihn ganz in Ruhe, lasst ihn mit seiner Reinheit und Klarheit auf Euch wirken, Ihr werdet staunen, was Ihr alles erfahren könnt. Johanna wird den Bergkristall noch oft benutzen, um zu den Wichteln zurück zu kehren, jedes Mal werden die Wichtel ihr einen neuen Stein schenken und ihn ihr erklären, damit sie den Menschen ein neues Geheimnis nahe bringen kann.

Die Glockenblume

Sehr viele von uns lieben Blumen, bunte Blumen, Zimmerpflanzen, Blumensträuße, kleine Blüten, große Blüten. Wir erfreuen uns an den vielen bunten Farben, an den zauberhaften Gerüchen. Wir pflanzen im Frühling Stiefmütterchen, im Sommer bestücken wir unsere Kästen mit bunten Geranien, im Herbst erblühen in allen Gärten die Astern und Chrysanthemen. Blumen stehen auch für unsere Gefühle, eine rote Rose symbolisiert die Liebe, weiße Lilien werden auf ein Grab gelegt.

In einem verlassenen Garten erblühte immer noch eine zarte lila-farbene Glockenblume. Sie war der einzige Lichtblick in diesem trostlosen Gestrüpp. Lange Zeit hatte kein Mensch diesen Garten mehr betreten, er war schlicht und einfach vergessen worden. Sein Vorbesitzer war vor einigen Jahren verstorben. Er hatte seinen Garten geliebt, jeden Tag, egal ob die Sonne schien oder ein Regenschauer die Erde begoss, sah man ihn dort in seinen Gummistiefeln arbeiten. Zu der Zeit hatte der Garten ständig in den schönsten Farben geblüht, die Bäume trugen reichlich Früchte, die Sträucher versorgten die Vögel reich mit ihren Beeren. Es gab reichlich Gemüse zu ernten, das der Gärtner meistens verschenkte. Der Garten war seine Welt, die Heimat seiner Seele.

Eines Tages war ein kleines Engelchen auf die Erde gefallen, es wusste gar nicht, wie ihm geschehen war. So sah es sich zuerst einmal um, voller Angst durchquerte es das Gestrüpp und versuchte, einen Weg in den Himmel zurück zu finden. Es hatte nun schon sehr lange gesucht und war müde geworden, als es die kleine lila Glockenblume erblickte. Sofort begann die Glockenblume ihre Blütenkelche zu schwingen, um dem Engelchen den Weg zu ihm weisen. Endlich hatte das Engelchen den Weg zur Glockenblume bewältigt, "wer bist du?" fragte es zaghaft.

Unser kleines Glockenblümchen läutete jetzt vor Freude seine Kelche hin und her. Endlich hatte es Gesellschaft bekommen. "Du bist hier in einem vergessenem Garten, unser Freund, der Gärtner, ist schon seit langen Jahren im Himmel. Aber seine Seele wohnt noch hier in diesem Garten. Sie lebt in mir weiter, sein Tod kam seinerzeit so schnell, dass er sich nicht verabschieden konnte und seine Seele hier zurückblieb. Nur darum erblühe ich jedes Jahr wieder aufs Neue." Was aber konnten sie tun? Das Engelchen wollte zurück in den Himmel, die Seele des Gärtners wollte im Garten bleiben. Aber ohne seine Seele konnte der Gärtner im Himmel nie Ruhe finden.

Es musste etwas getan werden, das stand fest. Das Glockenblümchen hatte eine Idee, ihr einziger Freund, ein Schmetterling, kam sie täglich besuchen. Er bestäubte ihre Blüten und erzählte einige Neuigkeiten, die er in seiner Welt erfahren hatte. Als der Schmetterling sie wieder besuchen kam, staunte er nicht schlecht, als er das kleine Engelchen vorfand. Schnell bot er an, das Engelchen wieder in den Himmel zu fliegen, damit es wieder zu seinesgleichen käme. Unser Glockenblümchen läutete zum Abschied kräftig mit seinen lila Kelchen. So ein Flug auf einem Schmetterling war für unser Engelchen ein großes Abenteuer, es hatte viel Spaß und kam glücklich wieder in den Himmel zurück.

Die Himmelsväter waren in großer Sorge gewesen, so waren sie dankbar, ihr kleines Engelchen wieder zu sehen. Das Engelchen erzählte von seinem Abenteuer, der Gärtner, der immer noch keinen Platz unter den Himmelsvätern hatte, weil seine Seele noch auf der Erde wohnte, kam hinzu. Sie wollten zu gern dem Schmetterling und dem Glockenblümchen danken. So riefen sie alle Schmetterlinge der Welt zusammen, alle kleinen Engelchen wurden mit ihnen auf die Erde in den vergessenen Garten geschickt. Über Nacht geschah dort ein großes Wunder, die Engelchen waren sehr fleißig gewesen, sie hatten neue bunte Blumen gepflanzt, alle verdorrten Sträucher waren verschwunden, das Glockenblümchen bekam viele neue Geschwister. Stolz sah es sich im Garten um. Es wuchs Gemüse, die Bäume trugen wieder Früchte und die Vögel sangen wieder fröhlich in den Sträuchern. Endlich konnten sie sich und ihre Kinder wieder mit frischen Beeren versorgen. Aus dem vergessenen Garten war ein kleines Paradies geworden. Die Seele des Gärtners konnte nun endlich unser Glockenblümchen verlassen und in den Himmel heimkehren. Flugs brachte einer der Schmetterlinge Körper und Seele zusammen und die Trauer, die über dem Garten gelegen hatte, war verschwunden.

Kurze Zeit später zog eine kleine Familie in das Häuschen des Gärtners ein. Jeden Tag spielten die Kinder fröhlich in dem bunten Garten, die Mutter bepflanzte die Beete mit Salaten, Radieschen, Möhren und allem erdenklichem Gemüse. Am Abend, wenn der Vater von der Arbeit heimkehrte, saßen sie oft noch lange im Garten und erfreuten sich an der Vielfalt der Farben und Gerüche. Sehr viele kleine Tierchen hatten auch wieder ein Zuhause gefunden. Unser Glockenblümchen aber war nun auch sehr zufrieden, es hatte so viel Gesellschaft bekommen, nie mehr brauchte es traurig und einsam sein. Voller Freude läutete es ständig mit seinen kleinen Kelchen und sein Freund, der Schmetterling tanzte die schönsten Pirouetten dazu. Im Himmel hatte der Gärtner das kleine Wunder beobachtet, er war glücklich und zufrieden. Nun war er endlich ein Himmelsvater.

Die Zeit

Oft sagen wir, "ich habe keine Zeit", oder "wie schnell doch die Zeit vergeht". Besonders zum Jahresende stellen wir wieder einmal fest, wie schnell doch so ein Jahr vergeht. Aber, was ist eigentlich Zeit, wir können sie nicht sehen, nicht anfassen, niemand kann es wirklich erklären. Ältere Menschen haben schon sehr viel erlebt und erzählen oft von der "guten alten Zeit".

Einer dieser Menschen war Friedrich, er war Uhrmacher von Beruf. Früh schon, als junger Mann hatte er sein Handwerk erlernt. Er besaß in einer kleinen Stadt ein Uhrmachergeschäft. Während der letzten Jahre liefen die Geschäfte nicht mehr gut, die Leute kamen weniger und weniger in seinen kleinen Laden, die Leute wollten lieber in modernen Einkaufspassagen kaufen. Sie kauften nur noch Digital-Uhren, die man nicht mehr aufziehen brauchte, die ganz Eiligen kauften sogar schnell mal im Supermarkt eine Uhr, weil sie keine Zeit hatten.

Friedrich bemerkte diesen Wandel der Zeit, er wurde immer trauriger. Vor vielen Jahren bereits war seine Frau gestorben, für sie hatte er zum 50. Hochzeitstag eigens eine besondere Armbanduhr gefertigt, ein wirkliches Schmuckstück. Sie hatte diese besondere Uhr immer getragen und jeden Abend mit viel Liebe betrachtet, während sie sie aufzog und dann auf den Nachttisch legte. Als sie dann krank wurde und ihr klar war, das sie in Kürze sterben würde, sagte sie eines Abends: "Friedrich, wenn ich sterbe, wünsche ich mir, dass Du mir meinen Ehering mit ins Grab gibst, aber die wunderschöne Uhr muss bei Dir bleiben. Es ist eine ganz besondere Uhr, sie wird Dich immer an mich erinnern. Unsere gesamte Liebe und unser Leben ist in dieser Uhr gebündelt. Bitte vergiss niemals meine Worte."

Nachdem sie von ihrer schweren Krankheit erlöst worden war, tat Friedrich, worum sie ihn gebeten hatte. Er gab ihr den Ehering mit ins Grab, die Uhr jedoch bewahrte er in einer kleinen Schachtel auf, die er in seiner kleinen Werkstatt hinter seinem Laden sorgfältig verstaute. Jeden Abend zog er die Uhr sorgfältig auf und dachte an die Worte seiner lieben Frau. Oft wünschte er sich, er könne bei ihr sein, fragte sich, welchen Sinn sein Dasein eigentlich noch hatte. Seine Frau war nicht mehr bei ihm, Kinder waren ihnen versagt geblieben, so war er ganz allein. Seine sorgfältig hergestellten Uhren waren nicht mehr bei den Leuten gefragt, die Glocke seiner Ladentür hatte schon sehr lange nicht mehr geläutet. Eines Tages, als er gerade wieder die besondere Uhr betrachtete, läutete die Glocke und kündigte einen Kunden an. Lange Zeit war das nicht mehr geschehen. Ein sehr weiser alter Mann war in den Laden getreten und schaute sich um.

Mit seinen warmen Augen ließ er sich von Friedrich die Uhren zeigen. Dieser war sofort in seinem Element, stolz erklärte er die verschiedenen Modelle. Der weise Kunde bemerkte sofort, wie sehr Friedrich seine Arbeit liebte, aber er hatte nur Interesse an einer Uhr. Die Uhr, die noch auf dem alten, hölzernen Tresen lag...Friedrich hatte sie dort liegenlassen, als der Mann in den Laden trat. "Was kostet denn dieses wunderschöne Modell?" Diese Uhr sei nicht verkäuflich, nicht für alles Geld der Welt, bekam er zur Antwort. Der Blick des weisen alten Mannes wurde noch wärmer...schnell hatte er erkannt, wie viel Liebe aus dieser Uhr verströmte, die Uhr hatte auch ihn verzaubert.

"Mein lieber Mann, Sie tun gut daran, diese Uhr nicht für alles

Geld dieser Welt herzugeben. Sie ist verzaubert, die gesamte Liebe Ihrer Frau ist darin gebündelt und wird Sie jeden Tag neu umarmen. Es ist ein ganz besonderer Zauber, solange sie die Uhr jeden Abend aufziehen, wird auch Ihr Leben weitergehen. Bleibt die Uhr stehen, ist auch Ihr Leben zu Ende. Sie haben es in der Hand, ihre Zeit selber zu bestimmen. Wenn Sie eines Tages zu Ihrer Frau heimkehren möchten, können Sie auch diesen Zeitpunkt bestimmen, indem Sie die Uhr nicht mehr aufziehen. Diese Uhr ist ein ganz besonderes Geschenk, sie schenkt Ihnen die unendliche Liebe Ihrer Frau und damit die Möglichkeit, jederzeit in eine andere Welt zu reisen, in der Ihre liebe Frau sie erwartet."

Friedrich hatte dem weisen Mann wie gelähmt zugehört, er kam erst wieder zu sich, als die Glocke der Ladentür bimmelte. Der Mann hatte den Laden verlassen. Bis dahin hatte Friedrich immer gewusst, das es sich um eine sehr besondere Uhr handelte, jetzt war ihm klar, welch großes Geschenk er mit dieser Uhr von seiner lieben Frau bekommen hatte. Er wollte nun wieder bei ihr sein, noch am gleichen Abend verschloss er seine Ladentür, nahm die Uhr, legte sich auf sein kleines Sofa und zog die Uhr nicht auf. Er schlief ein und träumte von seiner Frau, bald würde er sie wieder umarmen. Sie würden wieder zusammen sein.

Die Uhr war stehen geblieben. Friedrich war in eine andere Welt gereist und war nun glücklich, wieder bei seiner Frau zu sein.

Erst nach vielen Wochen bemerkten die Leute, dass der kleine Uhrmacher-Laden lange nicht mehr geöffnet war. Sie hatten alle keine Zeit, sich um solche Dinge zu kümmern, waren alle viel zu sehr mit sich und ihrem Alltag beschäftigt.

Endlich rief ein Nachbar die Polizei, die den Laden öffnete. Schnell fanden sie Friedrichs Körper auf dem Sofa. Auch im Tod hielt er die Uhr fest, ein glückliches Lächeln zierte sein Gesicht. Entfernte Verwandte trugen Friedrich zu Grabe, weil er die besondere Uhr bei sich gehalten hatte, gaben sie ihm diese mit. Er benötigte sie nicht mehr, seine Seele war längst am Ziel seiner besonderen Reise angekommen.

Nach einigen Tagen sprach niemand mehr über den alten Uhrmacher, der einsam in seiner Werkstatt gestorben war. Die Zeit und damit das Leben ging weiter, die Menschen gingen weiterhin zur Arbeit, verbrachten Zeit mir ihren Lieben, oder hatten keine Zeit. Sie hatten nicht bemerkt, dass unter ihnen ein besonderer Mensch gelebt hatte, der über die Zeit entscheiden konnte.

Elisabeth

Schaut zum Himmel…über den Wolken leben Engel, junge und alte Engel. Diese Engel sind die Verkörperung aller Seelen unserer lieben Verstorbenen. Die Seelen nehmen im Himmel dann die Gestalt eines Engels an, bevor sie manchmal mit einer wichtigen Aufgabe wieder auf die Erde geschickt werden. Die jungen Engel sind oft sehr verspielt, weil sie aus den Seelen unserer Kinder entstanden sind, die alten Engel sind sehr weise, weil sie sehr viele Erfahrungen aus ihrem langen Leben gewonnen haben.

Eines Abends spielte ein kleiner Engel namens Elisabeth noch im Dunkeln über den Wolken. Elisabeth konnte nie genug bekommen. Wenn die alten Engel die Kinder ins Gottes-Haus riefen, wollte sie immer noch weiter spielen, bis die Sonne endgültig untergegangen war. Sie tobte und sprang gerne wild auf den Wolken herum. In der Nacht wollte Elisabeth nicht schlafen, genau wie ein kleines Kind. Sie staunte immer wieder die Sternschnuppen an und fragte eines Tages die weisen Engel, wo diese wohl ankommen. Ein besonders freundlicher, weiser Engel erklärte ihr, auf den Sternschnuppen werden die Engel zur Erde gesandt, die eine wichtige Aufgabe zu übernehmen hätten. Ei, da hatte er etwas gesagt, nun war Elisabeth richtig neugierig geworden. Sie wollte auch auf die Erde, weil sie so gerne mit den Kindern spielen wollte.

In der Nacht legte sie sich auf die Lauer und beobachtete, wie kluge Engel zu den Sternschnuppen gingen und mit ihren großen Aufgaben abreisten. Manchmal nahmen die Engel dann auf der Erde die Gestalt eines Menschen, aber auch die Gestalt eines Tieres an. Ganz besondere Engel behielten auch ihre Engels-Gestalt und erschienen den Menschen, die ihre Hilfe am nötigsten brauchten. Elisabeth wollte die Gestalt eines Kindes annehmen, damit sie mit den anderen Kindern spielen konnte. Sie machte sich schnell unsichtbar, so dass die anderen Engel sie nicht bemerkten und sprang auf eine kleine Sternschnuppe. Plumps, so schnell war Elisabeth auf der Erde angekommen, sie war noch sehr überrascht, rieb sich ihre kleinen Äuglein und versuchte, sich umzusehen. Sie konnte aber nichts erkennen, weil es auf der Erde in der Nacht dunkel ist. Nirgendwo spielten Kinder, weit und breit waren keine Menschen zu sehen. So weinte sie sich traurig in den Schlaf.

Als am Morgen die ersten Sonnenstrahlen das kleine Näschen kitzelten, nieste sie und wurde wach. Sie hörte Vögel zwitschern. „Wo bin ich? Bin ich jetzt auf der Erde?" wollte sie von einer Amsel wissen. „Du bist auf der Erde. Hast Du Hunger? Ich füttere jetzt meine Kinder, möchtest Du auch etwas frühstücken?" fragte die besorgte Amsel. „Ja", freute sich unsere kleine Elisabeth. Die Amsel hielt ihr einen Regenwurm hin. „Iiiiiiiiiiiiiiih, so etwas kann ich doch nicht essen!" Sie erklärte der freundlichen Amsel, dass sie ein Engel sei und nun auf der Erde bleiben wollte, um mit den Kindern zu spielen. „Du kannst mit meinen Kindern spielen", antwortete die Amsel. Nein, das wollte Elisabeth nicht. Sie machte sich nun mit hungrigem Magen auf die Suche nach Kindern. Auf dem Weg ins Dorf kam sie an einer Bäckerei vorbei, aus der es wirklich lecker duftete. Schnell machte Elisabeth sich unsichtbar, sie hatte Angst. Ein kleines Kind, so früh morgens allein unterwegs, da hätte die freundliche Verkäuferin sicher Verdacht geschöpft. Die unsichtbare Elisabeth huschte hinter den Tresen und nahm sich schnell ein Brötchen. Das sah vielleicht lustig aus, als die unsichtbare Elisabeth mit dem Brötchen in der Hand den Laden verließ.

Die Bäckersfrau sah nur ein Brötchen durch die Luft davon schweben und traute ihren Augen nicht.

Nachdem Elisabeth das Brötchen gegessen hatte, bekam sie ein schlechtes Gewissen. „Ich bin doch ein Engel, ich darf nicht stehlen, oder Böses tun", überlegte sie. „Ich muss das jetzt wieder gut machen und eine gute Tat tun". Sie machte sich also fix wieder unsichtbar und kehrte zur Bäckerei zurück. Für eine Weile wartete sie im Laden und beobachtete die Bäckersfrau, diese sah sehr müde und traurig aus. In der Nacht hatte sie wenig geschlafen und wie jede Nacht viel geweint, weil sie während der Schwangerschaft eine Fehlgeburt erlitten hatte. Immer wieder überlegte sie, wie ihr kleines Mädchen, sie war sicher, ihr Kind sei ein Mädchen gewesen, wohl ausgesehen hätte. Sie fragte sich, ob die Seele ihrer kleinen Tochter wohl im Himmel sei, das die Seele irgendwo weiterlebte, davon war sie überzeugt.

Mitten in ihren traurigen Gedanken versunken hörte die Bäckersfrau eine zarte Kinderstimme, die fragte: „Warum bist Du so traurig?" Die arme Frau glaubte, ihren Ohren nicht zu trauen, woher kam diese Stimme. Es war doch außer ihr niemand im Laden. „Ach, sicher bin ich einfach übermüdet", überlegte sie und hoffte, in der folgenden Nacht einmal besser schlafen zu können. „Warum bist Du so traurig?" Wieder hörte sie die zarte Stimme. Sie sah sich um, aber es war wirklich niemand im Laden. Elisabeth begann, sich Sorgen zu machen. Schließlich wollte sie doch eine gute Tat tun, und nicht die arme Frau auch noch erschrecken. „Ich bin kein guter Engel", nun begann sie zu weinen. Jetzt hörte die Bäckersfrau auch noch das Weinen und fühlte, dass sie nicht allein im Laden war. Wenn Engel weinen, können sie aber nicht unsichtbar bleiben, das ist ein großes Himmelsgesetz. So wurde Elisabeth sichtbar und die Bäckersfrau sah ein kleines niedliches Mädchen, das in der Ecke saß und erbärmlich vor sich hin weinte. „Warum weinst Du denn so?", wollte sie wissen. Elisabeth erzählte ihr dann unter Tränen, wie sie heimlich mit der Sternschnuppe aus dem Himmel gekommen war, um eigentlich mit den Kindern zu spielen. Stattdessen wusste sie nicht, wo sie jetzt sei, hatte großen Hunger...auch Engel haben Hunger...und zurück in den Himmel konnte sie ja nun auch nicht mehr, Kinder hatte sie immer noch nicht gefunden und mit den guten Taten hatte es auch nicht geklappt.

Nachdem sich die Bäckersfrau von ihrer Überraschung erholt hatte, verstand sie die ganze Situation. „Na, das ist ja eine Geschichte", sagte sie und nahm Elisabeth nun ganz fest in den Arm. Sie hatte verstanden, dass die Seele ihrer kleinen Tochter sich in einen kleinen Engel namens Elisabeth verwandelt hatte und nun zu ihr zurückgekehrt war. Überglücklich umarmte sie Elisabeth, die noch nicht begriffen hatte. Weil ihr etwas mulmig geworden war, wollte sie sich wieder unsichtbar machen. Das funktionierte aber nicht mehr, auch ihre zarten kleinen Engelsflügel waren plötzlich verschwunden. Elisabeth hatte der Bäckersfrau durch ihre Erscheinung eine so große Freude gemacht, dass sie von den weisen Engeln des Himmels wieder zurück in eine Kindergestalt verwandelt wurde. So hatte es nun doch noch mit der guten Tat geklappt, Elisabeth war nun wieder ein ganz normales, kleines, neugieriges Mädchen. Die Bäckersleute adoptierten sie und die drei lebten als kleine glückliche Familie zusammen. Jeden Tag spielt Elisabeth nun mit den Kindern in der Nachbarschaft, so wie sie es sich schon im Himmel gewünscht hatte. In der Nacht sieht sie manchmal eine Sternschnuppe, dann dankt sie den alten Engeln, die sie mit ihrer Weisheit dann doch nach Hause zu ihrer Familie geführt haben.

Emmis Gesang

Manchmal, wenn Du im Wartezimmer sitzt, an der Bushaltestelle, beginnst Du, Dich mit den anderen Mitwartenden zu unterhalten. Immer wird das Wetter ein Thema sein, auch beim Gespräch mit Deinem Nachbarn über den Zaun ist das Wetter immer ein beliebtes Thema. Um in Kontakt mit Deinen Mitmenschen zu kommen, ist auch hier das Wetter oft das Thema Nummer Eins. Wenn die Sonne scheint, freuen wir uns, einige sagen aber auch: "Oh, es könnte langsam mal regnen..." Regnet es dann ein paar Tage, sagen sie: "Wann wird das Wetter wieder schön, es regnet schon so lange." Wir wünschen uns einen schönen Sommer, einen schönen Winter...Haben wir dann einen langen Winter, beginnen wir damit, ihn zu beklagen und sehnen den Frühling herbei. Ist der Sommer lang und trocken...na, Ihr wisst schon....Zufrieden sind wir eigentlich nie, darum erzähle ich heute die Geschichte der süßen kleinen Emmi...

Emily war sieben Jahren alt, ihre Eltern und Geschwister riefen sie Emmi, sie fanden, das passte einfach besser zu ihrem kleinen Sonnenschein. Emmi war die jüngste der drei Töchter, sie ging in die erste Klasse, als sie ihre außergewöhnliche Gabe entwickelte. Emmi spielte für ihr Leben gern mit ihren Puppen im Garten. Schien die Sonne, spielten sie schön im Schatten einer großen Linde. Regnete es, saß Emmi oft mit ihren Puppen im Gartenhaus, dort spielten sie dann Teestunde oder Puppen-Schule.

Eines Tages saß Emmi wieder mit ihren Puppen im Gartenhaus, die Puppen-Teestunde war gerade beendet, Emmi war ein bißchen traurig, weil es schon mehrere Tage geregnet hatte und sie nicht mit den Puppen unter dem großen Lindenbaum spielen konnte. Sie begann, ein Kinderlied zu singen, das hatte sie bereits in der Schule gelernt. "Liebe, liebe Sonne, komm ein bißchen runter..."

Es war kaum zu glauben, aber die Sonne kam hinter den Wolken hervor und sie konnte nun wieder mit ihren Puppen unter dem Baum ein Picknick veranstalten. Nach einigen Tagen hörte sie ihre Mutter seufzen: "Ach, wie trocken sind doch meine Blumenbeete. Heute Abend muss ich die Beete wässern, damit die Blumen wieder blühen. Und mein Gemüse, ach wie schade, es vertrocknet mir fast." Emmi wusste, was zu tun war. Sie sang mit ihrer glockenhellen Stimme: "Lieber, lieber Regen, bring meiner Mutti Segen...."

Ihr werdet nicht glauben, was geschah, aber die Mutter brauchte nicht wässern, ein warmer Sommerregen kam urplötzlich vom Himmel und versorgte alle Pflanzen mit Wasser. Emmi war sehr froh, sie hatte ihrer Mutter eine Freude gemacht. So ging es einige Zeit lang, bis die Mutter Emmis besondere Gabe bemerkte. Sie besprach sich mit Emmis Vater, sollte man mit Emmis Gabe vielleicht auf der Welt Hilfe leisten? Würde so etwas überhaupt funktionieren? Wie wäre den Menschen, die durch Dürre in größter unvorstellbarer Armut lebten, geholfen werden können? Oder sollten sie das Wissen um Emmis Gabe besser für sich behalten, um sie zu schützen? Was sollten sie tun?

Sie entschieden sich für eine Urlaubsreise in die Wüste. Dort sollte Emmis glockenhelle Stimme ertönen, dann würde man sehen, was passierte. So machten sie sich auf, es war eine anstrengende Reise. Kaum in der Wüste angekommen, begann Emmi zu singen. Das Wunder geschah, vom Himmel kam ein warmer Regen, der einige Wochen andauerte. Aus der öden Wüste wurde eine wunderschöne grüne Landschaft.

Die Tiere fanden wieder Nahrung, die Wüsten-Nomaden konnten Getreide und Gemüse anbauen und konnten sesshaft werden. Die Nachricht vom Wüsten-Wunder hatte sich schnell verbreitet. Ein sehr reicher, mächtiger Scheich reiste dorthin, um sich selbst davon zu überzeugen. Er war überwältigt von den reich tragenden Obst-Bäumen, den Palmen und den Gemüseplantagen.

So etwas wollte er auch für sein Königreich, so bot er Emmis Eltern eine sehr große Summe Geld, damit sie auch sein Königreich verwandelten. Das lehnten Emmis Eltern aber empört ab, sie wollten die Gabe ihres Kindes nicht für Geld verkaufen. Der Scheich war aber nicht nur reich und mächtig, leider war er auch sehr hinterhältig, er war gewohnt, alles zu bekommen, was er wollte und bisher war das auch immer so gewesen. So ließ er eines Nachts Emmi von seinen Soldaten entführen und in sein Königreich bringen.

"So, mein Kind, sing!" befahl er. Emmi aber hatte Angst, noch niemals war sie von ihren Eltern und Schwestern getrennt gewesen. Sie wusste weder, wo sie war, noch warum sie hier singen sollte. Die Angst lähmte sie so sehr, dass sie überhaupt keinen Ton mehr heraus brachte. Es war zwecklos, je mehr der Scheich ihr drohte, um so weniger konnte sie singen. Die Angst hatte sie gelähmt, sie konnte nicht einmal mehr ihren Mund öffnen. Da sie so für ihn wertlos war, ließ der Scheich sie kurzerhand umbringen und in der Wüste verscharren.

Emmis Kinder-Seele war jedoch so rein, das sie auf direktem Weg im Himmel ankam. Noch bevor die Helfer, die sie umgebracht und verscharrt hatten, aus der Wüste zurück waren, erklang schon die glockenhelle Stimme: "Liebe, liebe Sonne...." Die Sonne schien, sie brannte noch mehr als sonst über der Wüste, der Wüstensand wurde unter der sengenden Sonne so heiß, das die bösen Helfer ihr Ziel, den Palast, nicht mehr erreichten. Sie starben. Die Hitze hatte sie umgebracht. Auch der Scheich bemerkte die ansteigende Hitze, gleichzeitig hörte er die besagte glockenhelle Stimme. Er verstand, seine Bestrafung würde folgen. Über seinem Palast wurde es sehr heiß, so dass der Palast sich entzündete und in Flammen aufging. Der Scheich versuchte, sich zu retten und rannte in die Wüste. Dort starb er den gleichen furchtbaren Tod durch die Sonne, dem auch seine Helfer zum Opfer gefallen waren.

Das ganze prächtige Königreich war nun in Flammen aufgegangen, es war vernichtet. Emmis Eltern hatten nie aufgehört, nach ihr zu suchen. Sie hatten sich an ein Nomaden-Volk angeschlossen, um ihr Kind in der Wüste zu finden. Auf ihrer monatelangen Wanderung durch die Wüste kamen sie irgendwann auch an das zerstörte Königreich. Die Wüsten-Nomaden erkannten sofort, dass hier etwas sehr Schreckliches passiert sein musste. Sie wollten lieber schnell weiterziehen. Emmis Mutter fühlte jedoch im Herzen, das sich die kleine Emmi hier aufgehalten haben musste, sie bat die Nomaden, eine Nacht zu bleiben. Ein Wunder würde geschehen, daran glaubte sie ganz fest.

Emmi hatte vom Himmel aus den Weg ihrer Eltern beobachtet. Jetzt erklang wieder einmal ihre glockenhelle Stimme. Die Nomaden blickten erstaunt zum Himmel, denn vom Himmel kam ein wunderschöner Gesang. "Lieber, lieber Regen, bring den Menschen Segen..." So geschah es, es regnete sechzig Tage und Nächte. Emmis Eltern hatten während dieser Zeit begonnen, sich gemeinsam mit den Nomaden anzusiedeln. Das einst so mächtige, von einem bösen Scheich geführte Königreich war nun eine wunderschöne kleine Stadt geworden, in der sie alle lebten. Der Boden war vom Regen reingewaschen und vom Bösen befreit, so dass sie Getreide, Obst und Gemüse und Palmen anbauen konnten.

Als nach den durchlebten sechzig Tagen und Nächten der Regen aufhörte, ertönte wieder einmal die Stimme: "Liebe, liebe Sonne..." Die Eltern sahen zum Himmel, sie dankten ihrer Emmi für dieses wunderbare Geschenk. Emmi aber hatte noch ein ganz besonderes Himmelsgeschenk bereit. Ein letztes Mal sang sie: "Lieber, lieber Regen, bring den goldenen Segen..." Vom Himmel regnete es pures Gold, so das Emmis Eltern und die Dorfbewohner mit Reichtum gesegnet wurden.

Nie wieder hat man Emmis glockenhelle Stimme singen gehört. Aus dem kleinem, vom Bösen befreite, Nomadendorf ist ein sehr großes reiches Emirat geworden. Seine Bewohner leiden keine Not, sie teilen ihren Reichtum dankbar mit den Armen dieser Welt. Für die Seele der kleinen Emmi wurde ein kleines goldenes Gartenhäuschen gebaut, in dem ihre Puppen schon auf die nächste Teestunde warten.

Im Zwergenhaus

Manchmal bewundern wir beim Spazierengehen die Gärten der Nachbarn, wir bleiben einen Augenblick stehen und erfreuen uns an den schönen bunten Blüten. Vielleicht gibt es auch die Gelegenheit zu einem kleinen Schwätzchen mit dem Nachbarn. In einem Garten gibt es immer viel zu tun, viele von uns empfinden diese Arbeit als lästig und mühselig, andere genießen es, zu pflanzen, zu graben und zu beobachten, wie die Pflanzen wachsen und beginnen, zu blühen. Wenn unsere Obstbäume Früchte tragen oder das Gemüse erntereif ist, gibt es für uns eine Menge zu tun.

Theresa war so eine Gärtnerin, sie liebte ihren Garten, auch in der kleinsten Ecke blühte immer noch ein Blümchen. Um die Beete ein wenig lebendiger wirken zu lassen, hatte sie einige Figuren im Garten verteilt, so dass auch hier oft Leute stehen blieben, um zu staunen. Theresa hatte in einem kleinem Beet, das sie um eine Trauerbirke angelegt hatte, ein kleines buntes Häuschen aufgestellt, das Häuschen war eigentlich ein Vogelhäuschen, aber so machte es sich viel besser.

Da es unter der Trauerbirke sehr schattig war, wuchsen die Blumen dort eher schlecht, es fehlte einfach die Sonne. Immer wieder probierte Theresa aufs Neue Pflanzen aus, die sie dann meist wieder an einem anderen Platz eingraben musste, weil sie drohten, einzugehen. Eines Tages jedoch bemerkte sie, dass die Blüten vor dem Häuschen aufgegangen waren und sich der Sonne entgegen reckten. Sie freute sich. Am nächsten Tag blühten noch mehr ihrer Blumen, so dass sie am Abend das Beet noch einmal ordentlich wässerte. Von Tag zu Tag gediehen ihre Blumen besser, sie fragte sich, woran das auf einmal lag, es war doch nichts anders gewesen als vorher, oder doch?

Ja, es war etwas anders, aber das konnte Theresa nicht bemerken. In das kleine bunte Häuschen war ein kleiner Zwerg eingezogen. Er erfüllte nicht nur das kleine Häuschen, sondern auch das Beet mit Leben.

Der kleine Zwerg fühlte sich sehr wohl in seinem Zwergenhäuschen, er spielte mit den Krabbelkäfern und half den Ameisen bei ihrer Arbeit. Selbst die Regenwürmer, die ja unter der Erde ihre Arbeit verrichteten, kamen gerne zu ihm, weil er immer fröhlich und guter Dinge war. Er konnte wunderschöne Geschichten aus fernen Ländern erzählen, schließlich hatte er schon viel von der Welt gesehen. Weil er so klein war, konnte er mit den Vögeln fliegen. Jetzt aber hatte er genug von der Reiserei, er war alt geworden und brauchte ein Zuhause, so erzählte er den Tieren.

Eines Abends war Theresa noch im Garten, sie genoss die abendliche Ruhe und las noch ein Wenig. Da hörte sie ein zartes Wispern aus dem bunten Häuschen. Vorsichtig ging sie zum Beet, vielleicht hatte sich dort eine Maus eingenistet und die wollte sie nicht erschrecken. Sie war nicht wenig überrascht, als im bunten Häuschen ein Zwerg saß, um ihn herum hatten sich Ameisen und anderes Krabbelvolk versammelt und alles hörte dem Zwergen zu, wie er vom fernen Afrika erzählte. Leise setzte sie sich und lauschte ebenfalls gespannt darauf, was der kleine Zwerg zu erzählen hatte. Keiner ließ sich durch die Menschen-Frau stören, so ergab es sich, dass Theresa jeden Abend mit dem ganzen Getier im Garten saß und Geschichten hörte. Sie hatten eine wunderschöne Zeit.

Dann wurde Theresa krank, sie wusste, sie hatte nicht mehr lange zu leben. Sie saß im Garten und weinte verzweifelt, im kleinen Häuschen wunderte man sich und fragte, was da wohl los sei. Der kleine Zwerg fasste sich ein Herz und fragte nach, was er hörte, gefiel ihm gar nicht. Er berichtete sofort den Tieren, was er erfahren hatte. Gemeinsam überlegten sie nun, was wohl zu tun sei. "Wir sind doch nur kleine Tiere, was können wir da schon groß für einen kranken Menschen tun?" resignierte die Ameisenkönigin. "Aber Theresa hat uns doch ein Zuhause gegeben, da müssen wir doch auch etwas tun", überlegte der Zwerg. An diesem Abend hörte man im Zwergenhaus keine Geschichte, nein, es wurde beratschlagt und überlegt, was man wohl tun könne, um Theresa zu helfen.

Endlich hatte einer der Krabbelkäfer eine Idee. "Gemeinsam sind wir stark. Wir Käfer sind klug, wir wissen, welche Heilkräuter den Menschen helfen können. Die Ameisen sind fleißig, sie werden die Heilkräuter sammeln und zu Theresa bringen. Die Regenwürmer graben uns die Tunnel, so dass wir bequem zu den Orten kommen, an denen die Heilkräuter wachsen. Und unser Freund, der kleine Zwerg, kann zu Theresa sprechen, er kann ihr erklären, was wir vorhaben und wie sie die Heilkräuter einsetzen muss, um ihre Krankheit zu besiegen."

Genauso geschah es, die Käfer sagten den Regenwürmern, wo sie ihre Gänge graben mussten, die Ameisen trugen all die wichtigen Heilkräuter heim ins Zwergenhaus und der Zwerg erklärte Theresa das Vorhaben. "Ach, Du, mein kleiner Freund. Ihr seid so lieb zu mir, aber glaubst Du wirklich, das mir ein Paar Pflanzen gegen meine Krankheit helfen können?" "Aber ja", gab der kleine Zwerg zur Antwort, "Deine Aufgabe ist es, deine Krankheit zu besiegen und dann den Menschen von deiner Heilung zu berichten. Die Menschen kennen diese Medizin nicht, sie vertrauen lieber der Chemie.

Mutter Natur aber hat für jede Krankheit ein Mittel wachsen lassen. Du wirst sehen.

Theresa begann mit der Kur, sie brühte sich Tees auf, sie gönnte sich sehr viel Ruhe. Sie tat alles genauso, wie es der kleine Zwerg ihr gesagt hatte. Jeden Tag trank sie drei Liter Wasser, auch das hatte der kleine Zwerg ihr aufgetragen. "Wenn ein Mensch eine Krankheit in sich trägt, ist sein Körper vergiftet. Das Gift muss aus dem Körper gespült werden", hatte er ihr erklärt. Tatsächlich besserte sich langsam ihr Zustand, der kleine Zwerg bestand aber darauf, die Kur noch einige Zeit lang weiter zu führen. Theresa musste weiterhin ihre Tees trinken, die sie aus den Heilpflanzen, die die fleißigen Ameisen ihr brachten, aufbrühte. Sie durfte nur frisches Obst und Gemüse essen, das tat sie reichlich. Fleisch war ihr vom Zwerg verboten, "für ein Stück Fleisch hat ein Tier sein Leben gelassen, es wurde brutal getötet. Es hatte Angst und Schmerz, während es starb. Du darfst das nicht essen, der Schmerz und die Angst, die das Tier empfunden hat, übertragen sich auf Deinen Körper und auf Deine Seele."

Nach sehr langer Zeit war das kleine Wunder geschehen. Theresa hatte ihre Krankheit mit Hilfe ihrer kleinen Freunde besiegt. Sie war wieder gesund und voller Lebensfreude. Der Frühling kam und mit ihrer neuen Lebensfreude erblühte auch der Garten wieder in seiner vollen Pracht. Nun war die Zeit gekommen, das Wissen, das der kleine Zwerg ihr vermittelt hatte, weiterzugeben. Jeden Tag saß Theresa nun im Garten und schrieb all das, was der kleine Zwerg ihr erklärt hatte, auf. Sie beschrieb die Heilkräuter und deren Wirkung, wie man sich daraus einen Tee aufbrüht, welches Kräutlein gegen welche Krankheit gewachsen war, sie erklärte, warum wir auf Fleisch verzichten sollten, welches Obst und Gemüse wir stattdessen essen sollten. Ein sehr dickes Buch war entstanden, das sie veröffentlichte, um ihr Wissen an die Menschen weiterzugeben.

Viele Menschen kauften ihr Buch, Theresa war schnell bekannt geworden, sie trat im Fernsehen und im Radio auf. Ihr Wissen hatte sich schnell verbreitet und wurde bereits von vielen Ärzten und Heilpraktikern für die Behandlung von schwerkranken Menschen genutzt. Theresa musste nun viel reisen, sie war oft für einige Tage unterwegs, aber so oft es ging, saß sie abends im Garten bei ihren kleinen Freunden. Ihr kleiner Freund, der Zwerg, war nun wirklich sehr alt geworden. Seine Zeit, in eine andere Welt zu gehen, war gekommen. "Liebe Theresa, ich habe Dir alles erklärt, was Du wissen musst, um den Menschen zu helfen. Das war meine Aufgabe, nur darum bin ich in Deinen Garten gekommen. Jetzt aber muss ich gehen, ich bin alt und müde. Dagegen gibt es kein Heilkraut, meine Aufgabe hier auf der Erde ist erfüllt. Sorge dafür, dass unser Wissen sich weiter unter den Menschen verbreitet und sie die Kraft der Natur nutzen, um gesund zu bleiben." Kaum hatte er es gesprochen, schloss er die Augen...eine Amsel kam geflogen...und unser Zwerg trat seine letzte große Reise an.

Auch heute noch steht das kleine bunte Zwergenhäuschen in Theresas Garten, nie wieder hat ein Zwerg darin gewohnt, aber die Krabbelkäfer, die Ameisen und sämtliches andere Getier wohnen voller Freude in ihrem Garten. Die Blütenpracht lässt manchen Spaziergänger stehen bleiben und staunen. Auch Theresa ist gesund und voller Lebenskraft, sie weiß, die Seele ihres kleinen Freundes lebt in ihrem Garten weiter.

Johann und Sophie

Schaut Euch am Morgen, wenn Ihr auf dem Weg zur Arbeit oder zur Schule seid, die Menschen an, die an den Ampeln warten, Euch gerade mit dem Auto überholen, neben Euch im Bus oder im Zug gegenüber sitzen. Jeder einzelne dieser Menschen hat eine Geschichte, der eine hat Sorgen mit seiner Familie, der nächste ist vielleicht gerade frisch verliebt. Ein anderer hat große Sorgen um seinen Arbeitsplatz...Der ein oder andere Mensch kehrt vielleicht heut nach getaner Arbeit nicht mehr zu seiner Familie zurück, weil sein Schicksal längst von der höheren Macht der weisen Engel geleitet wird. Manche Menschen haben ihren Engel, der sie abholen soll, schon seit einiger Zeit an ihrer Seite, ohne es zu wissen. So ein Mensch war auch Johann...

Johann war 36 Jahre alt, er war ein sehr fleißiger Mann. Seine Frau Sophie und seine drei Töchter liebten ihn sehr. Johanns Lebensträume waren bislang alle in Erfüllung gegangen, was er seinem unermüdlichem Fleiß und dem Rückhalt seiner kleinen Familie verdankte. Seinen Traum, ein LKW-Fahrer zu werden, hatte er, der Sonderschüler, der von seinem Elternhaus immer unterschätzt wurde, sich durch sein eifriges Lernen bereits erfüllen können. Später dann, als seine drei Töchter auf der Welt waren, träumte er von einem eigenen Zuhause für sich und seine Familie. Nachdem er dann eine gute Arbeit als LKW-Fahrer gefunden hatte und er ein wenig Geld gespart hatte, war schnell ein kleines Häuschen gefunden. In sehr kurzer Zeit hatten Johann und Sophie mit Hilfe von Freunden und Verwandten das Häuschen bewohnbar gemacht, so dass es zum Zuhause für die Familie geworden war. Gerne hatten sie ihre Freunde und Verwandten zu Besuch und saßen gemeinsam im Garten, im

Winter beheizten sie den Kachelofen, und verbrachten dort sehr schöne gemeinsame Stunden.

Während dieser Zeit weilte schon immer der Engel, der Johann abholen sollte, an seiner Seite. Er gab ihm diese unerschöpfliche Energie und die Ideen, damit Johann ein Zuhause für seine Familie schaffen konnte. Johann spürte manchmal ganz fein, dass da bereits etwas war. Eines Tages, als er mit seiner Sophie auf dem Dach saß, welches die beiden gerade etwas gerichtet hatten, sagte er: „Wenn ich einmal sterben muss, dann wünsche ich mir, dass das bei meinem LKW passiert." Sophie war geschockt. Ein anderes Mal äußerte Johann dann ihr gegenüber diesen Wunsch: „Wenn ich sterbe, möchte ich in meiner Arbeitskleidung begraben werden. Bitte trage dafür Sorge." Sophie war sehr verwundert: „Johann, Du bist doch noch lange nicht alt genug, um zu sterben." In Sophies Vorstellungs-Welt starben nur alte Leute. Sie hatte zwar schon des Öfteren auch erlebt, dass junge Menschen bei Unfällen starben, aber das waren eben immer die Anderen. Auch den plötzlichen Tod von Verwandten hatte Sophie schon erlebt, aber auch das waren immer die anderen und gehörte irgendwie zum Leben dazu.

Johanns Engel hinterließ immer öfter Spuren in seinem Alltag. Auch wenn Johann allein mit seinem LKW fuhr, war sein Engel immer dabei. Er bereitete ihn schon auf den Wechsel in eine andere Welt vor. Oftmals erzählte Johann dann seiner Sophie am Abend, zu welcher Baustelle sie gefahren waren. Sophie fragte sich dann immer, mit wem Johann gefahren war. Schließlich wusste sie doch, dass er allein auf den Straßen unterwegs war. Eines Abends, als Johann wieder erzählt hatte, wohin sie gefahren waren, fragte sich Sophie, ob Johann vielleicht überarbeitet sei, oder warum er immer in der Mehrzahl sprach. Für Johann war es selbstverständlich, er sprach von sich nur noch in der Mehrzahl.

Sophie begann, sich Sorgen zu machen. Während dieser Zeit, waren sich Johann und Sophie näher, als je zuvor. Johann war stolz darauf, dass sich all seine Lebensträume erfüllt hatten. Am Rand Ihres Grundstücks waren früher einige Lindenbäume zur Form einer Laube gepflanzt worden. Hier hatte Sophie eine Bank aufgebaut, hier saßen sie nach der Arbeit gerne, um neue Pläne für die Zukunft zu schmieden. Oft malten sie sich aus, wie es wohl sei, wenn die Töchter heranwachsen, sie später vielleicht einmal Großeltern sein würden. Bei den Gedanken an die Zukunft war Sophie immer glücklich, als sich aber Johanns Zeit hier auf der Erde dem Ende entgegen neigen würde, spürte auch Sophie ganz fein, fast unmerklich die Anwesenheit des Engels. Sie konnte dieses Gefühl nicht einordnen, aber sie merkte immer deutlicher, dass da etwas war...etwas, von dem sie nichts wusste. Noch nicht...

Es geschah an einem Mittwoch...ein Mittwoch, wie jeder andere. Wie sehr viele seiner Mitmenschen ging Johann seiner Arbeit nach. Sie hatten am Morgen noch überlegt, mit welcher Tapete sie den Flur richten wollten. Johann hatte sich von den Kindern und Sophie verabschiedet und fuhr zur Arbeit. Ein Tag, der verlaufen sollte, wie jeder andere eben. Ob Johann schon fühlte, das er heut nicht mehr zu seiner Frau und seinen Töchtern zurückkehren würde? Vielleicht ahnte er es, vielleicht hat er es gefühlt...Sophie spürte etwas, am Vormittag befiel sie ein beklemmendes Gefühl, für das sie keine Erklärung finden konnte. Sie ging wie üblich ihrer Hausarbeit nach und fragte sich immer wieder, was denn heute anders sei.

Auch am Nachmittag, die Kinder waren bei Freunden und zum Sport, war diese Beklemmung immer noch sehr deutlich zu spüren. Dann kam am späten Nachmittag der Anruf, der Sophies Leben veränderte. Sie war von Johanns Kollegen angerufen worden, es habe einen Unfall gegeben, sie möchte doch bitte kommen. Es sei kein Grund zur Sorge und sie möchte doch bitte vorsichtig fahren. In der Erwartung eines kleinen Unglücks machte sich Sophie auf den Weg, sie dachte, sie könne Johann, der vielleicht nur eine kleine Verletzung hatte, direkt mit nach Hause nehmen. Als Sophie zum Unglücksort kam, traf sie das dortige Szenario wie ein Schlag. Kollegen standen mit betretenen Gesichtern, Rettungs-Sanitäter waren bereits dabei, Johann zu versorgen. Ein Kollege nahm Sophie in Empfang und begleitete sie zu Johann...

Sie erkannte sofort, was geschehen war. Johanns Seele hatte seinen Körper verlassen, sein Körper lag leblos neben seinem LKW auf der Erde, während die Sanitäter ihn für den Abtransport mit dem Hubschrauber ins nächste Krankenhaus bereit machten. So gerne hatte Johann einmal mit Sophie fliegen wollen, wenn sie genügend Geld gespart hatten. Jetzt flog nur noch sein Körper, ohne Seele und ohne Sophie. Keiner konnte sagen, wohin Johanns Körper gebracht werden würde. Es musste erst während des Flugs ein entsprechendes Unfall-Krankenhaus gefunden werden.

Es heißt, wenn ein Mensch plötzlich durch einen Unfall stirbt, irrt seine Seele verzweifelt herum, bis sie Ruhe gefunden hat. Johanns Seele kam auch noch nicht zur Ruhe, er war ins Krankenhaus geflogen worden, wurde schnell operiert. Man sagte Sophie, alles würde gut werden, die Wunden und Verletzungen müssten verheilen, das würde entsprechend lange dauern...Voller Hoffnung fuhr Sophie nach Haus zu ihren Töchtern. Sie aßen zu Abend, Sophie erklärte den dreien, was passiert war und wie es weitergehen würde. Sie besprachen, wann sie wohl das erste Mal den Papa besuchen könnten und wann er wieder nach Hause käme. Als die Mädchen dann nach den Aufregungen endlich schliefen, sie hatten besprochen, dass alle drei am nächsten Tag nicht in die Schule gehen, legte sich auch Sophie zu Bett. Es gelang ihr nicht, zur Ruhe zu kommen…zu viel war geschehen, zu viel hatte sie gesehen. Als sie spät in der Nacht endlich in einen unruhigen Schlaf gefallen war, wurde sie vom Telefon geweckt. Ein Arzt der Klinik fragte behutsam, ob ihr Mann am Abend eingeliefert worden sei. Nachdem sie das bestätigte, bat der Arzt sie, möglichst noch in der Nacht zu kommen, es habe Komplikationen gegeben. Sophie wusste, was sie am Abend gesehen hatte, Johanns Seele hatte bereits seinen Körper verlassen, also war ihr auch klar, was die Komplikationen bedeuteten. In der Klinik angekommen, erklärte ihr der Arzt, was geschehen würde. Durch einen starken Aufprall an Johanns Kinn war sein Gehirn geprellt worden. Noch während die Ärzte operierten, hatte das Gehirn bereits begonnen, anzuschwellen. Da die Schwellung nicht mehr aufzuhalten war, würde sich Johanns Gehirn in einigen Tagen selber im Schädeldeckenraum zerquetschen. Anschließend würde der Hirntod eintreten. Nach dem Feststellen des Hirntodes würde man nach genau 24 Stunden noch einmal eine Untersuchung vornehmen, um den Hirntod bestätigen zu können. Erst danach müsse Sophie entscheiden, ob die lebenserhaltenden Geräte abgeschaltet werden sollen…

Sehr behutsam erklärte ihr der Arzt, wie Johanns Leben aussehen würde, wenn sie sich für lebenserhaltende Maßnahmen entschiede. Johanns Körperfunktionen wurden durch die modernen Geräte am Leben erhalten, aber eine

Rückkehr ins Leben sei völlig ausgeschlossen. Eine weitere Operation, um die Schädeldecke zu öffnen, sei völlig ausgeschlossen.

Sophie war sofort klar, dass Johann sein Leben niemals an solchen Maschinen verbringen wollte. Sie hatten in der Vergangenheit oft über das Thema gesprochen, ohne zu ahnen, dass es einmal aktuell sein würde. Es blieb ihr also nur, die Geschwister und Eltern zu informieren, damit sie sich alle in Ruhe von Johann verabschieden konnten. Auch ihre älteste Tochter durfte sich von ihrem Papa verabschieden. Während dieser Tage spürte Sophie in sich eine sehr starke Kraft wachsen, sie wusste, sie brauchte diese Kraft für die nächsten Tage, Wochen, Monate und Jahre und ließ es zu.

Was sie nicht wusste, war, dass diese Kraft von Johanns Seele ausging. Seine Seele und sein Begleiter hatten erkannt, dass sie Sophie all ihre Kraft geben mussten, um sie auf ihren Weg gehen zu lassen. Erst nach einigen Tagen, als Sophie stark genug für die große Entscheidung war, kam Johanns Seele zur Ruhe und wollte nun auch seinen Körper gehen lassen.

Die Zeit für Johanns Abschied war gekommen, die Ärzte stellten das erste Mal den Hirntod fest und erklärten, dass es nun in 24 Stunden Zeit für die Entscheidung für oder gegen das Leben sei. Es waren sehr schwere Tage für alle gewesen, immer wieder kreisten die Gedanken in Sophies Kopf herum...was, wenn es nun in der Zukunft neue medizinische Entwicklungen geben würde, die Johanns Leben wieder lebenswert machten? Niemals hätte sie sich das verzeihen können...Was, wenn aber alles so bleiben würde? Sie stellte sich Fragen, betete zu Gott, beriet sich mit der Familie, immer wieder die gleichen Gedanken. Die letzte

Nacht war angebrochen, sie schlief vor Erschöpfung ein. Ihr war klar geworden, dass sie sich endgültig gegen die lebenserhaltenden Maßnahmen entscheiden musste.

Johanns Seele war immer an ihrer Seite gewesen, das fühlte sie. Sie bat auch Johann um Vergebung für ihre Entscheidung. Seine Seele hatte während dieser Tage erkannt, wie sehr sie Johann liebte. Die alten weisen Engel, die ja Johann schon den Begleiter geschickt hatten, sahen, dass sie Sophie diese Entscheidung abnehmen mussten. So baten sie Johanns Seele in den Himmel und ließen auch zur gleichen Zeit Johanns Herz nicht mehr schlagen.

Am frühen Morgen stellten die Ärzte dann Johanns Tod fest, Sophie wurde gerufen, um sich zu verabschieden. Es war ein schwerer Tag, aber Sophie war dem Himmel dankbar dafür, dass er ihr diese schwere Entscheidung abgenommen hatte. Sie war 33 Jahre und zur Witwe geworden, ihre Töchter waren Halbwaisen.

Johanns Seele, die inzwischen zu Sophies Engel geworden war, trat an ihre Seite. „Liebe Sophie, Du wirst jetzt eine schwere Zeit durchstehen müssen. Eine sehr schwere Zeit. Ich wollte noch nicht von Dir gehen, aber meine Zeit war gekommen. Und nur durch meinen Tod habe ich die Möglichkeit, immer an Deiner Seite zu sein. Während der nächsten Jahre wirst Du sehr viel lernen müssen, Dich aber auch ständig weiterentwickeln. Ich weiß, dass Du unseren Kindern immer eine gute Mutter sein wirst. Aber Du bist dazu bestimmt, schwachen und kranken Menschen zu helfen, ihnen Trost zu geben, wenn sie in Not sind, einfach nur für sie da zu sein. Bringe Freude ins Leben anderer Menschen, sei gut zu ihnen, das ist Deine Aufgabe. Dafür hat Dich der Himmel bestimmt. Du kannst nur Liebe und Trost geben, wenn Du selbst starken Schmerz erfahren hast. Immer aber werde ich an Deiner Seite sein, wo Du auch bist. Ich werde Dich immer lieben und diese himmlische Liebe wird Dich für die Zukunft sehr stark machen."

So kam es. Sophie wurde zu einer sehr starken Frau, sie zog nach einiger Zeit mit ihren Töchtern in die nächste Kleinstadt, um ein neues Leben zu beginnen. Schnell hatten sich ihre Töchter in den neuen Schulen und der neuen Umgebung eingelebt, so dass sie sich auch eine Arbeit suchen konnte. Es ging sehr schnell voran mit Sophies Karriere, manchmal trat ein Mann in ihr Leben, aber niemals war einer dabei, der ihr die Wärme und Geborgenheit geben konnte, die sie von Johann kannte, also blieb sie sieben lange Jahre mit ihren Kindern allein. Ihre Kollegen und Freunde kannten sie als liebenswerte Frau und waren von ihrer starken Persönlichkeit beeindruckt. Oft war sie traurig und allein. Sie begann, zu beten...

Ihr Engel war immer an ihrer Seite, er bemerkte, wie sehr Sophie litt. So gab er ihr die Kreativität, um ihr Leben wieder neu zu ordnen. Sophie begann zu malen und wurde so etwas glücklicher. Ganz besonders, wenn sie wieder einmal traurig war, war ihr das Malen eine sehr große Hilfe. Eines Tages, nach einem heftigen Streit mit ihrer Tochter, malte sie große blaue Blumen an ihr Haus. Diese Blumen bereiteten ihr eine so große Freude, sie merkte, wie die Blumen die Wunden an ihrer Seele heilen ließen. Ein wunderschönes Geschenk hatte sie mit der Kreativität bekommen...

Nun war sie sicher, dass ihr Engel wirklich an ihrer Seite war und ihr immer wieder Kraft geben würde. Sie wandte sich mehr und mehr den Aufgaben zu, von denen ihr Josephs Seele seinerzeit berichtet hatte.

Heute bin ich davon überzeugt, dass jeder Mensch eine Bestimmung hat. Bitte bedenkt auch, dass ein Mensch mit dem Tod seines Körpers nicht gestorben ist. Seine Seele lebt in einer anderen Form weiter unter uns.

Karina

Wir haben fast alle Kinder, die einen sind schon erwachsen, die anderen vielleicht gerade in der Pubertät, einige gehen vielleicht gerade erst in den Kindergarten oder in die Schule. Egal, wie alt, ob schon erwachsen oder nicht, wir sind stolz auf unsere Kinder. Sie machen uns nicht nur Freude, natürlich gibt es auch Probleme. Bei den Kleinen sind die Problemchen meistens leicht zu lösen, bei den Größeren wird es schon schwieriger, besonders während der Pubertät. Es heißt nicht umsonst "kleine Kinder, kleine Sorgen, große Kinder, große Sorgen", da ist schon etwas dran.

Karina war ein sehr kluges Kind, das zeigte sich schon in der Grundschule. Sie war sehr aufgeweckt, das Lernen fiel ihr leicht. Es gab keine Probleme, so dass ihre Eltern mit Recht stolz auf sie waren. Nach der Grundschulzeit folgte der Wechsel zum Gymnasium, auch hier hatte Karina keine Schwierigkeiten.

Völlig unverhofft griff das Schicksal ein. Karina verlor ihren Vater durch einen sehr tragischen Unfall, er starb nach einigen Tagen, in denen er im Koma lag, an seinen schweren Verletzungen. Da Karina die älteste von drei Schwestern war, durfte sie als einzige den Vater noch einmal im Krankenhaus besuchen. Es war für sie ein schrecklicher Anblick, den sie nie mehr vergessen würde. Der Verlust des Vaters hatte einen tiefen, sehr großen Schmerz in ihr Herz gebrannt. Sie hatten alle drei ihren Vater sehr geliebt.

Karinas Mutter hatte nach einiger Zeit beschlossen, dass sie umziehen mussten. Sie konnte allein das große Haus und das große Grundstück nicht mehr bewirtschaften, schließlich musste sie auch noch allein den Kindern gerecht werden. Nach langem Suchen war ein kleines Häuschen in der nächsten Stadt gefunden. Hier wollten sie noch einmal ein neues Leben beginnen. Ein Leben ohne neugieriger oder mitleidvoller Blicke, sie wollten ganz normal leben, nicht wie bisher, wie es auf einem Dorf so ist, ständig mit Mitleid oder Sorge, aber auch mit unverhohlener Neugier betrachtet werden. Hier waren sie eine kleine Familie wie jede andere, nur der Vater fehlte. Das gab den neuen Nachbarn natürlich gleich Anlass zum Gerede, was Karinas Mutter aber gleich versuchte, klarzustellen.

Karina kam in die Pubertät, sie suchte ihre eigene Persönlichkeit, wurde erwachsen. Der Verlust des Vaters machte ihr aber immer noch sehr zu schaffen. Ihre Trauer war in Wut, ja fast in Hass umgeschlagen. Wut auf die Mutter, oft fragte sie sich, wie es wohl gewesen wäre, wenn nicht der Vater, sondern die Mutter verunglückt wäre. Es kam immer wieder zum Streit unter den beiden. Eine schreckliche Zeit, beide konnten sie nicht über ihr eigentliches Gefühl, nämlich die Trauer sprechen, weil es ihnen noch zu weh tat. So gab es immer mehr Streit zwischen Mutter und Tochter, Karina war nun mittlerweile 16 Jahre alt und wusste durchaus, was sie wollte. Oft schrie sie ihre Mutter an: "ich wollte, Du wärst gestorben, nicht Papa. Ich hasse Dich." Sie fügte ihrer Mutter furchtbaren Schmerz mit den Worten zu, dabei war sie in ihrem Herzen tief verzweifelt, die Mutter wusste darum, fand aber keinen Weg mehr zu ihr.

Es kam der Tag, an dem Karina beschloss, die Mutter zu verlassen. Sie hatte sich ans Jugendamt gewandt, weil sie nicht weiter wusste. Was sollte nur werden? Diese Frage stellten sie sich beide, man beschloss nach langen Diskussionen, das Karina zur Großmutter zurück ziehen sollte. Dort käme sie zur Ruhe und konnte sich besinnen, hoffte ihre Mutter. Beide litten furchtbar. Karina aber kam nicht zur Ruhe, ständig suchte sie nach neuen Wegen, ihre Mutter zu verletzen. Ihr war jedes Mittel recht, um ihrem Schmerz und ihrer Wut Ausdruck zu verleihen.

Eines Tages bekam Karinas Mutter eine Vorladung ans Gericht. Karina hatte sie verklagt, sie wollte, dass ihre Mutter das Sorgerecht an das Jugendamt abtrat. Natürlich wollte sie auch Geld, schließlich musste sie ja von irgendetwas leben. Mutter und Tochter durchlebten die wohl schwerste Zeit ihres Lebens, trafen sich vorm Gericht, gingen nach der Verhandlung auseinander wie Fremde. Bis zuletzt hatte Karinas Mutter immer noch an ein Wunder geglaubt, sie hatte sich sogar noch einen Schoko-Nikolaus für Karina in die Tasche gesteckt, als sie zum Gericht ging. Karina würdigte sie nicht mal mehr eines Blickes.

Karinas Mutter musste sich nun mit dem Gedanken abfinden, dass sie nicht nur den geliebten Ehemann, sondern jetzt auch noch ihre älteste Tochter verloren hatte. Es gab jedoch einen Unterschied, der Ehemann war in Liebe von ihr gegangen, ein Tod ist endgültig, niemals würde er wieder kommen, wenn auch seine Seele immer bei ihr war. Die Tochter jedoch war in Hass und Wut von ihr gegangen, mit 16 Jahren. Sie konnte nur hoffen und beten, dass Karina irgendwann Ruhe finden würde und sich auf ihre Wurzeln besinnen konnte.

Die Jahre vergingen, nie wieder sah sie ihre Tochter. Karina hatte inzwischen längst ihr Abitur geschrieben, schon fast fertig studiert und war während ihres Studiums in der Welt weit herumgereist. Es gab immer jemanden, der ihre Mutter erzählte, wie es Karina nun gerade erging. Eine Mutter vergisst nie ihr Kind, sie hat es unter dem Herzen getragen. Auch wenn es ihr großen Schmerz zugefügt hat, wird sie nie aufhören, ihr Kind zu lieben.

Karinas Mutter hatte längst erkannt, das allein der Schmerz und die Trauer Karina zu ihrem Handeln bewegt hatten, sie, die Mutter, war ja die Einzige der Eltern, die noch lebte. Es tat ihr weh im Herzen, aber sie gab nie die Hoffnung auf. Eines Tages würden sie in einer Mutter-Tochter-Liebe wieder vereint sein. Sie hofft und betet noch heute, dass dieser große Schmerz und diese große Trauer eines Tages aus Karinas Herzen verschwinden. Eine Mutter hat sehr viel Platz im Herzen und wichtig ist es, niemals den Glauben daran zu verlieren, das irgendwann Liebe und Geborgenheit über Schmerz und Trauer siegen werden.

Monique

Manchmal hören wir von Menschen, die an einer schweren Krankheit leiden oder die ganz plötzlich von einer schweren Krankheit getroffen werden. Wir halten kurz inne, empfinden so etwas wie Mitleid, aber auch eine grenzenlose Erleichterung, dass wir nicht davon betroffen sind. Fragen, wie "sie ist doch noch so jung?" oder "was soll nur aus ihr werden?", "wird er sterben müssen?" beschäftigen uns für einen Moment, aber dann wenden wir uns wieder unbekümmert unserem Alltag zu.

Monique war vor einigen Jahren an Brustkrebs erkrankt, nach langen Therapien war die Krankheit vollständig besiegt. Sie hatte ein neues Leben begonnen, jedoch kein gutes Leben. Sie nahm sich, was sie wollte, es war ihr nach der schweren Krankheit egal, ob sie auch zahlen konnte, was sie kaufte. Sollten doch die Lieferanten auf den Kosten sitzen bleiben, das war ja nicht ihr Problem. Ihre Betrügereien wurden immer dreister. Mehrere Male hatte sie umziehen müssen, weil sie ihren Vermietern regelmäßig die Miete schuldig blieb. Sie hatte keine Gewissensbisse, Vermieter hatten doch genügend Geld, warum also denen noch etwas geben. Sie kannte keine Skrupel mehr, sogar ihre Tochter hatte sie schon übel betrogen.

Endlich wurde Moniques Traumwohnung frei, sie überzeugte die Vermieterin, und so zog sie wieder einmal um. Es war auch Zeit geworden, ihr Vermieter hatte schon mehrfach die ausgebliebene Miete eingefordert und Konsequenzen angekündigt. Fast täglich kamen ja auch noch die Rechnungen und Mahnungen ins Haus, jeder Brief bedeutete eine Forderung nach Geld. Ihrer neuen Vermieterin war sie nun auch schon mehrere Male die Miete schuldig geblieben.

Monique log und log, um sich immer wieder aus der Affäre zu ziehen. Sie belog ihre Kinder, ihre Familie, ihre Freunde, immer und immer wieder. Regelmäßig musste sie zu ihren Kontroll-Untersuchungen gehen, um eine neue Erkrankung auszuschließen. Bei einer dieser Untersuchungen stellten die Ärzte fest, dass der Krebs zurück gekommen war. Die Krankheit hatte sie mit aller Macht gepackt, es schien keine Hilfe mehr möglich. Ihr ganzer Körper war vom Krebs befallen, Hoffnung gab es keine mehr. Sie war dem Tod geweiht.

Eines Tages beschloss sie, zu einer Seherin zu gehen. Die Seherin bat sie in ihr kleines Zimmer, mitten im Zimmer stand ein kleiner Tisch, an dem sie beide Platz nahmen. Auf dem Tisch lag eine glasklare Kristallkugel, in die die Seherin jedes Mal schaute, wenn Ratsuchende zu ihr kamen. Die Kugel zeigte immer die Wahrheit. Kaum hatte Monique ihre Hände auf die Kugel gelegt, wie ihr von der Seherin geheißen worden war, wurde diese schwarz wie die Nacht. Sämtliche Klarheit war verschwunden. Die Seherin war fassungslos, so etwas hatte sie noch nie erlebt. Ihre Mutter, die auch eine weise Seherin gewesen war, hatte ihr früher einmal erzählt, dass so etwas passieren könne, wenn Menschen dem Tod geweiht waren. Sollte sie so etwas einmal erleben, musste sie dem Menschen unbedingt raten, ihr Leben zu ordnen und sämtliche Schuld, die sie während ihres unglückseligen Lebens auf sich geladen hatten, zu bereinigen. Befolgten die Menschen diesen Rat nicht, stand ihnen ein unendlich langer, qualvoller Todeskampf bevor, ehe sie in die andere Welt hinüberwechselten.

Sollten sie aber diesen Rat befolgen, gaben die himmlischen Mächte ihnen eine zweite Chance. So geschah es, die Seherin riet Monique, ihr Leben und vor allem ihr Gewissen zu reinigen und zu ordnen, so dass ihre Seele und damit auch ihr Körper zur Ruhe kommen könne.

Das würde ein sehr schwerer Weg werden, Monique hatte furchtbare Angst bekommen, als die Kugel sich verfärbt hatte. So beschloss sie, den Rat der Seherin zu befolgen. Sie begann, sich bei ihrer Familie zu entschuldigen, sie erklärte ihren Freunden, welche Schuld sie während der vergangenen Jahre auf sich geladen hatte und bat um Verzeihung. Mit jedem Gespräch und jeder Entschuldigung besserte sich ihr Gesundheitszustand ein wenig. Das fand sie sehr verwunderlich, was die Seherin ihr gesagt hatte, schien wahr zu sein. So begann sie nun schweren Herzens damit, langsam ihre Schulden zu zahlen, die sie während der letzten Jahre gemacht hatte. Wieder besserte sich ihr Gesundheitszustand, sie spürte es nun sogar förmlich, wie ihr Gewissen und ihr Herz reiner wurden. Jetzt hatte sie den Glauben an sich und an die Zukunft wieder gefunden, und begann damit, ihre Mietschulden abzubezahlen. Mit jeder Rate, die sie zahlte, fühlte sie sich leichter und leichter. Endlich war, nach langen Monaten, in denen sie sich immer besser gefühlt hatte, auch das geschafft. Nun stand ihr noch der schwerste Gang bevor, sie musste sich bei ihren Kindern für all das, was diese während der schweren Zeit miterleben mussten, entschuldigen. Aber dann endlich hatte sie es geschafft, sie hatte all ihre Schuld wieder gut gemacht. Jetzt war sie bereit zum Sterben, sie hatte alles bereinigt und ging ein letztes Mal zu ihrer Ärztin, um diese um ein starkes Schmerzmittel zu bitten, das ihr den Todeskampf und damit das Hinüberwechseln in die andere Welt erleichtern sollte.

Die Ärztin schüttelte den Kopf, sie führte sehr viele Untersuchungen durch, ehe sie dann endlich zu dem Schluss kam, dass Monique die Krankheit endgültig besiegt hatte. Es gab keine Geschwüre mehr in ihrem Körper, keine Schmerzen, alles war geheilt. Ein sehr großes Wunder war geschehen. Dieses Wunder aber hatte Monique selbst herbei geführt, in dem sie ihr Gewissen, ihr Herz, ihre Seele und damit auch ihren Körper von einer sehr schweren Last befreit hatte, in dem sie all ihre Lügen und all ihre Schulden bereinigt hatte. Endlich brauchte sie keine Seelenqual mehr leiden und somit war auch die schwere Krankheit besiegt. Am gleichen Tag, als Monique von ihrer Heilung erfuhr, nahm die Kristallkugel der Seherin wieder ihre gewohnte Klarheit an und strahlte in dem kleinen Zimmer. Sie zeigte nun fortan jedem Ratsuchendem, der zu der Seherin kam, wieder den richtigen Weg. Niemals wieder hatte sie sich schwarz gefärbt.

Der Schneemann

Schaut Euch um, vor einigen Tagen hat es geschneit. Wir ärgern uns dann oft, weil wir den Bürgersteig frei schaufeln müssen, schlecht mit dem Auto fahren können und und. Wir ärgern uns einfach. Nur unsere Kinder freuen sich, sie spielen im Schnee, fahren Schlitten, werfen Schneebälle, machen Schnee-Engel oder bauen einen Schneemann.

Die kleine Ayline hatte mit ihrer Mama einen dicken runden Schneemann gebaut, er sah zu goldig aus, für die Augen und den Mund hatten sie extra Kieselsteinchen gesammelt, die Nase bestand aus einer dicken, roten Möhre. Damit der Schneemann nicht am Kopf frieren musste, hatte er eine rote Weihnachtsmütze bekommen, sogar eine Jacke hatten sie ihm angezogen. Ayline meinte dann, der Schneemann müsse doch auch einen Namen bekommen, also wurde er kurzerhand Mr. Frost getauft.

In dem Moment als Mr. Frost seinen Namen bekommen hatte, erwachte er zum Leben. Er lächelte die kleine Ayline an und streichelte ihren Kopf. Sie konnte kaum glauben, was da geschah. Jeden Tag, wenn sie aus dem Kindergarten kam, ging sie gleich zu Mr. Frost und erzählte ihm, wie traurig sie war, weil sie nur eine Mama hatte, ihr Vater war schon verstorben. Die anderen Kinder im Kindergarten hänselten sie darum oft, heimlich weinte Ayline dann. Mr. Frost tröstete sie und brachte sie dann immer wieder zum Lachen. Manchmal trieben sie solche Späße, das Mr. Frost sich seinen dicken Bauch vor Lachen halten musste. Was Ayline nicht wusste, war, dass die Seele ihres Vaters in Mr. Frost eingezogen war. Sie spielte immer mit ihrem Papa, wenn sie mit Mr. Frost spielte.

Jeder Winter neigt sich irgendwann einmal dem Ende entgegen, die Erwachsenen waren sehr froh, die Straßen und Gehwege waren frei, endlich brauchten sie den Schnee nicht mehr schaufeln, die Heizungen in den Häusern konnten kleiner gestellt werden.

Ayline merkte, das Mr. Frost begann, kleiner und dünner zu werden. Sie war deswegen sehr traurig, da hatte sie eine Idee. Sofort fragte sie ihre Mutti, ob Mr. Frost nicht in den Gefrierschrank ziehen könnte, dann hätte sie ihren einzigen Freund ja auch im Sommer immer an ihrer Seite. Die Mutti war damit einverstanden, sie hatte ja beobachtet, wie viel Spaß die Kleine mit ihrem Freund hatte, sie war viel aufgeschlossener geworden und hatte sich von einem traurigen zu einem richtig glücklichem Kind entwickelt. Auch im Kindergarten gab es keine Probleme mehr.

Beide gingen zu Mr. Frost und baten ihn, in den Gefrierschrank umzuziehen. Mr. Frost wurde sehr ernst, und erklärte den beiden, das dürfe er nicht. Das sei von den weisen Engeln im Himmel nicht so geplant, seine Bestimmung sei, Ayline zu einem glücklichen Kind zu machen. Schließlich trug ja Mr. Frost die Seele von Aylines verstorbenem Vater in sich. Er nahm Ayline fest in seine Arme: "Mein liebes Kind, ich werde immer bei Dir sein. Ich bin dein Vater. Sobald es wärmer wird, werde ich zwar langsam verschwinden. Genauso wie früher, als ich durch meine schwere Krankheit langsam aus deinem Leben verschwand. Aber sei ein kluges Kind und lege an meinem Platz ein Blumensamen in die Erde. Das Wasser, aus dem ich bestehe, wird sie wachsen lassen. So werde ich auch in Zukunft an Deiner Seite sein und Dich immer wieder mit meinen bunten Blüten erfreuen.

Wenn Du an Deiner kleinen Seele Kummer hast, kommst Du zu mir und ich werde Dir zuhören und für Dich da sein."

So geschah es, Aylines Mutti hatte eine bunte Mischung Blumensamen besorgt, die streuten sie an Mr. Frosts Platz, als er geschmolzen war. Kaum kam der Frühling, blühten wunderschöne, bunte Blumen, so wie Aylines Vater es ihr versprochen hatte. Oft ging die Kleine dann an Ihren Platz, staunte über die vielen bunten Blumen, roch gerne an ihnen, sie beobachtete, wie die Bienen und Hummeln sich in den Blüten tummelten und fühlte sich ihrem Papa immer sehr nah. Oft erzählte sie ihm, was sie im Kindergarten erlebt hatte. Gehänselt wurde sie nie mehr, ihre positive Veränderung war allen aufgefallen, gerne wollten die Kinder mit ihr spielen...

Manchmal auch lud sie eine kleine Freundin ein, auch dann gingen sie zu den Blumen, um all das Leben zu beobachten, das sich dort befand.

Später dann, als Ayline heranwuchs, wurde sie eine gute Schülerin, sie bereitete ihrer Mutti viel Freude. Einen Schneemann bauten sie nicht mehr, neue Blumen säten sie auch nicht mehr, die Blumen, die sie für Mr. Frost gepflanzt hatten, säten sich immer wieder neu aus und blühten jedes Jahr aufs neue in einer immer größeren Pracht.

<u>*Lieber Leser/in, ich danke Dir für Deine Zeit,*</u>

<u>*Dein Interesse und hoffe,*</u>

<u>*Du hattest Freude an meinen Geschichten*</u>

<u>*und konntest ein wenig dabei träumen...*</u>

**Wenn Dir mein kleines Büchlein gefallen hat und Du Lust
auf mehr bekommen hast, lies doch auch**

...und plötzlich regnete es Seifen-Blasen vom Himmel

ISBN-Nr.: 978-3-7322-9271-4 (BoD)

*Gehe mit „meiner kleinen zauberhaften Elisabeth" auf eine
wunderbare Reise, lerne liebenswerte Menschen, zauberhafte
Kräfte und außergewöhnliche Wesen kennen. Diese Reise wird
Dich verändern...*